ナチュラルボーンチキン

野菜と豚肉を焼肉のたれで炒めたものと、パックご飯を交互に口に運びながら、じっとスマホを見つめる。夕飯時にはVODを見るのが日課になっていて、先週から見始めた結婚詐欺師を追ったドキュメンタリーのエピソード六が流れている。この前は狩猟シリーズで、その前は未解決事件シリーズ、その前はお宅訪問お掃除シリーズ、その前は死刑囚シリーズだった。結婚詐欺のえげつないやり口と、本人自身も何かしらの精神病や特殊な生育歴があるのではないかと思わせる突撃インタビューを経て六話が終了すると、少し辟易《へきえき》とした気分で『NYXXXXX』というニューヨークのキャリアウーマンたちの仕事と恋愛を描いたドラマに切り替える。もうシーズン三まで追ってるのに、未だにこのタイトルを何と読むのか分からない。

鶏、豚、牛のいずれかと、もやし、キャベツ、にんじん、玉ねぎの内の二種か三種の組み合わせを炒めたものに、シャンタンかほりにしか焼肉のたれのいずれかで味付けしたものと、パックご飯一つが私の毎日の夕飯だ。お土産などで佃煮《つくだに》やちりめん山椒などをもらうとありがたいのだけど、いつもとご飯のペース配分が変わって最後におかずだけ残ってしまうことが軽くストレスになるくらい、私はこの夕飯に慣れきっている。

一人きりでご飯も仕事も過不足なく、波風の立たないこの生活を始めて十年が経つ。趣味もなければ特技もなく、仕事への矜持《きょうじ》もなく、パートナーや友達、仲のいい家族や親戚もペットもなく、四十五にして見事に何もない。あるのは順当に弛《たる》み始めた輪郭と、目立ち始めたほうれい線と目尻の皺《しわ》と白髪、頬に浮き上がった肝斑《かんぱん》、辛うじて老眼は始まっていないものの、やたら早朝に目が覚めるようになった身体。つまり加齢により引き起こされる変化だけが、私には確実に「ある」ということだ。

見終えた瞬間、スパークリングの気泡のように記憶が消えて跡形もなくなるドキュメンタリーやドラマを見る日課がいつから始まったのか、もうよく覚えていない。延々動画を見続け、頭に入ったのかどうかも定かではない内容を忘却し、あるいはやり過ごし、頭がクラクラしてきたら寝る。そんなことを繰り返して一日一日は終わり、そうして私は一日一日着実に老いていく。あまりの起伏のなさに呆《あき》れるけれど、逆に私にとってこれ以外のどんな生活があり得るのか、想像もつかない。

例えば友達と朝まで飲み歩いたり、子育てに奮闘したり、結婚相手と些細な価値観の違いで喧嘩したり、推しのコンサートやファンミに奔走したり、唐突に転職して新しい職場で突然能力を発揮してバリキャリになったり、大学や大学院に入って勉強を再開したり、交際ゼロ日で結婚したり、そういうことは私の人生には起こり得ないのだ。この人生は、毎日同じ時間に出勤退勤し毎日同じようなご飯と動画を詰め込み十二時から一時までの間に眠りにつき朝五時から六時までの間に目覚める、という一日一日を繰り返す以外に、あり様がないのだ。

ここまで何もない生活を送っていると、たまに体調を崩した時などが軽いエンターテインメントになる。深刻ではない体調不良、例えばものもらいとか、花粉症で頭がクラクラするとか鼻水が止まらないとか、軽い頭痛、下痢なんかは、ちょうどいいエンタメだ。薬を飲んだり病院や調剤薬局に行ったりすることは、ちょっとした非日常だからだ。それくらい私の生活にはＶＯＤ以外のエンターテインメントがない。特にこの日常に執着があるわけではないけれど、非日常に支配されるのも好きではない。例えば旅行の日程を決めて有休を取り、目的地を決めホテルと交通機関を予約しガイドブック的なもので訪れるスポットを決め、スムーズに全てを回れる道順を組み立てる。なんてことを、到底一人でやる気にはなれない。私には、皮膚科や眼科がちょうど良いエンターテインメントなのだ。

仕事と動画とご飯というルーティン。それが私で、私の生活だ。自分には何もない。突出した才能も情熱も、誰かに愛される才能も誰かを愛する才能も、何かに嵌《はま》る素養も嵌られる素養も、なりふり構わず何かを手に入れたいと思うほどの欲望も、哲学に向かうほどの切実さも、アカデミックな方面で活躍する才能も、誰かを虜《とりこ》にさせるほどの魅力も技術も、頭の中にあるものを形にするクリエイティブな力も、頭の中に形にしたいと思えるほど価値あるものが浮かぶような発想力もない。

誰にも話していないし、誰に話すつもりもないし、そもそも話す相手もいないのだけれど、私は時々不安の発作のようなものに襲われる。最初に起こるようになったのは、五年ほど前のことだ。恐らく、これはホルモン量の変化による不安発作、あるいは自律神経の失調からくる発作に違いない。いくつかのサイトを見てそう思ったけれど、恐らくそこには、私のこの「何もなさ」も関係しているのではないかとも思う。私は自分の何もなさに、震えているのかもしれない。

頻繁ではない。発作だって救急車を呼ぶようなレベルでもない。でもひとたび発作に襲われれば私は足のつかない海の中を、どこにも岸が見えない状態でどこに向かって泳げばいいのか分からないままそれでもここにはいられないと焦燥に駆られ足掻《あが》き続ける罰ゲームのようなものに放り込まれる。最近は月に一回程度、ちょっと前までは二、三ヶ月に一回くらいだったような気もする。でも頻度が増していると認めるのが怖くて、起こった日をチェックするようなことはしていない。今こうしてその発作について考えていても全く平気で、心に波風は立たない。ただそれは前触れもなくやってきて、突然竜巻のように私がこれまで構築してきたルーティンや安寧を破壊するかのように蹴散らすのだ。その突拍子もなさに私はいつも怯《おび》えていて、ここ二、三年、それがなければどれだけ気が楽だろうと考えることが増えた。

何もなさ、発作、という二大最悪キーワードを考える不健康さにハッとして立ち上がると、肉野菜炒めの皿から残った汁を捨て、洗い物を始めた。この定番ご飯を続ける以上、洗い物は大皿とフライパン、菜箸とお箸で、その簡潔さが私がこの食生活を送る理由の一つでもある。簡潔であることは素晴らしいことだ。簡潔、それは一種の洗練であり、合理化であり、倹約でもあり、人生に波風の立たない静けさをもたらす魔法のようなものだ。いつも私に安定した美味しさと単純さを提供してくれるこのご飯に、私は信仰に近いものを抱いていると言っていいだろう。

つまり私は過剰が苦手だ。慎ましく謙虚で、目立たない人生を求めているし、驕《おご》り高ぶった人や慢心している人、高慢だったり尊大だったりする人を見るとざわざわする。まさにこういう人間こそが苦手のお手本だ。別に怒りは湧かないものの、胸に多大なるざわつきを残すメールを読み返しながら思う。

「まだ足が痛いので、今週も在宅にしようと思います！」

スケボーで転んで捻挫をして、診断書もあるのでと二週間の在宅勤務を申請してきた文芸編集部の平木《ひらき》さんから、在宅勤務延長を乞うメールが編集長経由で転送されてきたのだった。予後が悪いのであればもう一度病院に行きもう一度診断書を書いてもらうべきだし、そもそも捻挫で三週間在宅なんて聞いたことがない。うちの会社はコロナで即時全面在宅を認めたが、二〇二二年六月より、コロナ感染者数の減少に伴い在宅は週二日までと決まったのだ。労働組合が全面在宅を認めるべきだと要求してきたため、近いうちに会議にかけられる予定だけれど、そもそも編集部なんて出勤しても昼過ぎから夕方までみたいな人が多く、常時勤怠状況に濃いモヤがかかっているにも拘《かかわ》らず、それ以上を許容するよう迫る人がいるなんてと、ざわつきの中には驚きも混じっている。管理系の部署は在宅をする人がいないため週一でも取りにくい雰囲気があるというのに、全くやりたい放題だ。

出版社、特に編集部には変わった人が多い。どんなに注意されてもまあまあ大きな声で演歌を歌い続けてしまう人、推しグッズでデスクに祭壇を作ってしまう人、細々と書いてきた社会学の新書が二十万部売れてしまったけれど管理部以外には正体がバレていない覆面批評家、食べ歩き系情報で五万フォロワーを持つ飲食系インフルエンサー、そしてスケボーで通勤する人、平木直理《なおり》だ。え、平木直理？　平木、なおり？　え開き直り？　と驚いたが、中学の時両親が離婚して苗字が変わったせいで気が強そうな名前になっちゃったけど、元々は父親の苗字で中《なか》直理、仲直りだったんですよ！　というのが鉄板の自己紹介で、いつもこれで初対面の相手から笑いを取っているらしいと、総務の松島《まつしま》さんから聞いたことがある。

スケボー通勤をしている編集者がいると噂には聞いていたけれど、数ヶ月前、私も昼にコンビニに行く途中、「絶対にこの人だ」と確信できる人を発見した。短パンにパーカー、しかもパーカーの紐《ひも》を蝶々結びにしてガラガラと音を立てるスケボーに悠然と乗りながら、ちょうど掛かってきたのかスマホを耳に当て、「No way!」みたいな吹き出しをつけたくなるようなカラッとした笑顔で話しながら横断歩道を滑る平木さんの姿は、このくすんだオフィス街で一人だけロスの海辺のジョギングロードにでもいるかのようなファンキーさだった。うなじから両サイドまで刈り上げた青髪のセンター分け、もう少し背が高ければ男性K-popアイドルかと見紛うような見た目で、物心ついてから一度も肩より短くしたことのない私は羨《うらや》み混じりに、交通の頻繁な道路をスケボーで走ることは禁止されています、と頭の中で呟《つぶや》いた。

「あのさ浜野《はまの》さん、平木さんの様子見に行ってきてくれない？」

沖《おき》部長はコーヒー淹《い》れてくれない？　くらいのノリで言って、私は怯《ひる》む。

「それは、平木さんのご自宅にということですか？」

「平木さん電話出ないし、編集部に様子を見に行ってくれませんかって頼んだら今日は皆打ち合わせで出払ってるって言うし、別に俺が行ってもいいんだけど女性の家に男性上司が行くのはちょっとよろしくないでしょう。もしかしたら、ストーカーに監禁されて無理やりメール書かされてるって可能性もなくはないよね。一度お見舞いってことで様子を窺《うかが》ってみてくれないかなあ。もし本当に足が悪くて外に出られないとかなら、病院の付き添いも必要かもしれないよね」

「それは労務の管轄でしょうか。私は平木さんと面識がありませんし」

はまのぉ……と沖部長は顔をくしゃくしゃにする。お前は融通が利かないなあいつまで経っても堅物《かたぶつ》だなあもっと言えばつまらない奴だなあ、と苦虫を噛《か》み潰したような表情でこの案件をさっさと処理したいというめんどくささと本心からくる私への憐れみを表現し、私に行かないという選択をさせないよう全力で仕向けている。沖部長は出たがりで、何かイベントやお祭り的なことがあると俺が俺がと関係のないところにも必ず顔を出すし、有名人が参加する系のイベントだと何をおいても必ず参加しサインをもらうような厚かましさで編集者たちから警戒されているし、関係ない打ち合わせや会議なんかにもしれっと出席して大きな声で発言するため嫌われている。あの人暇なのかなと陰口を叩かれているけれど、部署の人々は常に沖部長の承認がなかなか返ってこず困っているため、優先させるべき仕事をほったらかして面白そうなところに顔を出さずにはいられないただのお祭り野郎ということだ。

「じゃ浜野は午後平木さんの家寄って、チラッと様子見てきてもらったらもう直帰でいいよ」

まるで私にこなすべきデスクワークがないかのような言い草ではあるが、土日出社や有休取得もなしにほぼ半休がもらえるということだ。私は平木さんの家が自分の家までの道筋からそこまで大きくずれないことを確認して、今日こなす予定だったデスクワークは明日やろうと腹を決めた。普段はルーティンを愛しルーティンを志し続ける私なのに、概念的には拒絶していても今すぐ食べられる半休というにんじんを差し出されると走り出してしまう馬のようで少し恥ずかしいけれど、その恥ずかしさに一ミリも心を乱されない程度に、私は歳を重ねながら面の皮を生成してきた。

平木さんのマンションはオートロックではなく、管理人の常駐するエントランスから入ると七階までエレベーターで上がり、部屋番号を確認してインターホンを鳴らした。マンションの廊下は塗装を補修だか塗り直しだかしているようで、養生シートが貼り付けられていたり、塗り途中の箇所があったりでなんだか荒《すさ》んだ印象を与える。実際に、味があるとも言えるけれど、まあまあ築古《ちくふる》な印象の建物ではあった。

誰ですかー？　と中から声がして、一瞬悩んだ後に「労務の浜野と申します」と事実を伝えた。しばらく沈黙があって、もう一度インターホンを鳴らそうかどうか悩み始めた瞬間、「……ローンの取り立て、ですか？　私、ローンは組んでないんですけど……」と訝《いぶか》しげな声がくぐもって聞こえる。

「違います。兼松《かねまつ》書房、労務の浜野です」

「ローンのママの……？　ローンのママの何ですか？」

ローンのママの何っていうか、ローンのママって何ですか？　と思いながら、平木さん一度チェーンをかけたままでいいので開けてもらえませんか？　と相手を威嚇《いかく》しないよう優しい声で諭す。あちょっと待って。と声がして待たされること数分、ようやくドアガードがかけられたままドアが開いたものの、勢いよく開けたせいでドアガードがゴンと大きな音をたて、うわっと驚く声がした後、ようやく平木さんの目が覗《のぞ》いた。

「初めまして。兼松書房、労務課の浜野といいます」

「あ、労務の浜野、ですか。すみませんでしたよく聞こえなくて」

「お怪我《けが》の経過が良くないとのことで、部長から平木さんの様子を見てくるよう言われ、お伺いしました。こちら、つまらないものですがお受け取りください」

フルーツとか手土産買ってってよ五千円くらいで。と妙に細かく指定され、フルーツを探したもののお見舞いなどに持っていくフルーツバスケットはさすがに道中では見つけられず、仕方なく駅前で見つけたフルーツゼリーの詰め合わせにした。平木さんはああどうもと言いながら手を伸ばし紙袋を受け取ろうとしたけれど、ドアガードをかけたままだとどんな角度でも紙袋は隙間を通らず、試行錯誤した後に「無念」とでも言いたげに一度ドアを閉めるとドアガードを外してとうとうドアを開けた。こっちだって言われたから仕方なく訪問しているというのに、なぜそこまで警戒されなければならないのか、と僅《わず》かに嫌な気持ちになり、それと同時にまあ適当に「平木さんお辛そうでした」と報告しようと思っていた自分に、彼女の嘘を暴いてやろうという労務としての意地が芽生えたのが分かった。

「足はまだ痛みますか?」

紙袋を渡しながら一歩ドア内に足を踏み入れる。

「ですね。まだ結構痛むんですよ」

「そうなんですね、メールには診断書が添付されていなかったようですが、通院に支障があるんでしょうか?」

「痛み止めと湿布はまだ残ってるんで、無駄に出歩きたくなくて、通院はしてないんです」

そうですか、ではお部屋も荒れているようなので少し片付けを手伝わせてもらいますねと言いながら靴を脱ぐ。

「あ、全然いいんです私部屋が綺麗だとむしろメンタルに良くないんです、本当にこれくらいがちょうど良くて、部屋が綺麗だと汚くすることに罪悪感が芽生えちゃうんです」

「それなら綺麗にし続ければいいんですよ。あ、平木さん、そのゼリーは要冷蔵なので冷蔵庫で保管してくださいね」

えー、と言いながら平木さんが紙袋の中に手を伸ばしている隙に、ローテーブルに置かれたレシート、領収書類に目をつけ、まとめて手に取るとさっと扇状に広げ、じっと目を凝らす。

「平木さん、これは何ですか?」

え、何ですか? と言いながら平木さんはゼリーの箱の中を見つめて輝かせていた目を私に向け、一気に顔を曇らせる。ちょっとやめてくださいよと平木さんは慌てて紙袋とゼリーを放り出し、私の手元の領収書に手を伸ばしてくる。

「二十二万四千五百円……。このMONOROというのは、MONOが唯一の、ROは一郎二郎など、男性名に使われる郎という字をアルファベット表記にしたものと思われ、この金額とお店の所在地と店名からして、これはホストクラブの領収書ですね?」

「まあそうですね」

「うちの会社では昨今キャバクラやホストクラブなどは落ちづらくなっています。しかもこの金額では、取材あるいは作家が同行していたと確実に証明できない場合、経費として申請するのはかなり難しいと思います」

「や、落としませんよ。これは私一人で行った時の領収書です」

「平木さん、太客なんですか？」

いやー私なんて全然太くないですよ。出版社勤務でそこまでの額は稼げないし、副業とか風俗やってる子と比べたらもう全然。平木さんはカラッと笑いながら言って、男性にプレゼントしたものの最高金額が五万程度で、それもあまりに大きな買い物で未だによくあんなものを人に買ってあげられたなと栄光、同時にちょっとした後悔として記憶に残っている私は金銭感覚の違いに恐ろしくなってくる。自分は出世コースから外れたとはいえ、同じ会社に勤める二十代社員とこれだけ出入金への意識が違うとなると、平均値がどの程度なのかも分からなくて、立ったままボートに乗っているような不安定感にドキドキしてくる。自分を客観的に評価できないことが、恐ろしかった。

「平木さん、副業もせずに一度にこの金額を払うとなると、月にそう何度も通えませんよね？　もしかして、借金などに手を出してたりするんですか？　あるいは、貯金を切り崩してるんですか？」

「大丈夫ですすまだ貯金を切り崩してる状態です」

「そんな、まだ若いとはいえ、少しは将来のことを考えて生活しないと」

「大丈夫なんです。これはこども銀行のお金なんです」

「気は確かですか？」

「ホスクラでお金を払ってる時って、夢の中でお金を払ってる気分で、ぜーんぜん本物のお金を払ってる気分じゃないんです」

「それは夢見心地になってるだけです。一刻も早くホスト通いは止めた方がいいです」

「あ、大丈夫なんです。私特別予算を設けてるので。あ、頭の中でですけど、ちゃんと設定してるんです。ていうか今も担当の店には月二くらいしか通ってません。それ以外の時は初回荒らしして気を紛らわしてます。もう新宿には初回行ってない店がほぼないんで、最近は渋谷とか六本木荒らしてます」

平木直理をまじまじと見つめ、私は再び手に持っている領収書を見つめる。平木直理は美しい人だ。目が大きくまつ毛が長く、唇もafterと銘打ちたくなるほどふっくらとして美しい。ちょっと奇抜なメイクと髪形だから一瞬人々をギョッとさせるものの、男女を問わず人を惹きつける容姿の持ち主だ。私が彼女だったら、まず髪を奇妙な色にはしない。ロングに伸ばして、平凡なメイクをするだろう。それが一番男性にモテるし、女性たちにも羨ましがられるからだ。イケメンは白シャツに黒いスラックスを穿《は》いているのが一番カッコいい。昔読んだ新書に書かれていた、今でも頭に焼き付いている言葉だ。当然女性にも同じことが言えるだろう。シンプルであればあるほど、美しさが際立つのだ。それなのに、平木直理はなぜか髪の毛をネイビーに染め、ショートのセンター分け、私だったら絶対に隠すであろう少しむちっとした腕を丸出しにし、タンクトップにだぶだぶのオーバーオールというやはり少し奇妙なファッションをしている。彼女がやっているからまあ可愛らしく、顔が美しいため圧倒的な説得力はあるのだけれど、私がこの髪形、ファッション、メイクをしたら一瞬で太陽に焼き尽くされて粒子となり風に吹かれて消え去ってしまうかもしれない。彼女を見つめながらなんでこの人がホスクラなんか……という疑問が募るものの、今は人気キャバ嬢もホスクラ通いをする時代であり、日常生活で男性に相手にされない女性がホスクラに行く時代ではないのだろう。そして恐らく、ホスクラに行く人たちが求めているのも、単に美しい男性にちやほやしてもらうことではないのだろうと、雲の上の世界を想像する。

「これは純粋な興味なんですけど、平木さんは、ホスクラで何を得ているんですか？」

「てか、私から言わせてもらえば、なんで皆ホスクラに行かないんですか？　って感じですね。何を得てるって、生きるために必要な全てですよ」

お金は生きるために必要な要素の一つではないのだろうか。不思議に思いつつも、自分の本分を思い出し領収書を平木さんに突きつける。

「平木さんのホスクラへの愛と情熱は理解しました。ですがこれは昨日の領収書ですよね？　ホスクラには行けるけど、会社には来れない、では道理が通りません。病院に行くのすら辛いって、さっきおっしゃってましたよね？」

「ここまでの話で分かると思いますけど、ホスクラは会社とか病院の千倍楽しいところなんですよ？　むしろ、会社に行けなくてホスクラに行けるのは当然じゃないですか？」

確かに当然だ。私だって、会社がとてつもなく楽しい場所だったら毎朝ルンルンで通うだろうし、進んで残業までしてしまうかもしれない。でも楽しい場所ってどういう場所なんだろう。ていうか、楽しいって何だったっけ。楽しい……とは。楽しいがゲシュタルト崩壊して、もうさっぱり分からない。昔はそれなりに楽しいと思うことがあったような気がするけれど、一体何が楽しかったんだっけ？　混乱しながら、私はドヤ顔の平木さんをまっすぐ見つめる。

「おっしゃることはごもっともなんですが、その道理が通ったら社員誰一人として会社には来なくなってしまいます」

「え、社員が会社に来なくなったら何が困るんですか？　そもそも会社が私に来て欲しいなら、会社がもっと魅力的かつ快適、楽しい場所にならないといけないいんですよ。私、在宅でも仕事ちゃんとやってますよ？　しっかり原稿も取ってるし、内容のアドバイスもしてますし現地取材も同行するし、資料集めもします。いい本は販売に掛け合って部数を上げたりもしてるし、ＳＮＳを使ったＰＲも編集部の中年の面々には絶対に思いつかない有益な案を出してるし、いろんな媒体とコネクションがあるのでプロモーション取材も他社よりずっと多く取れます。それなのに私のこの身体を会社に拘束されなきゃいけない筋合いなんてなくないですか？　ちなみに副編の沼岡《ぬまおか》さんはほぼ毎日十二時間以上会社にいますけど、彼の仕事量、私だったら四時間でこなせますよ。在宅定時で人並み以上の仕事量をこなせる私は、会社にとって非常に有益な存在です」

例えばヘッドハンティングされた役員クラスの人がこういう主張をしたら、会社の構造改革とかに結びつくのかもしれない。そう思いながら入社五年目なのに言うことはヘッドハンティングされた役員並みの平木さんをじっとり見つめる。

「つかぬことをお伺いしますが、平木さんにとっての楽しいって何ですか？」

「私は普通に皆が楽しいことが全て楽しいですよ。なんか出版社に入ったら、世間一般で楽しいとされていることが全然楽しくない、楽しめない人が多くてびっくりしたんですけど、私はこういう凡庸な人間であることに感謝してるし、誇りも持ってます」

「ちなみにですが、世間一般で楽しいとされていることって、何でしたっけ？　私ちょっとそのレベルから分からなくなってしまっていて……」

「世間一般の楽しいは、まあ飲み会、クラブ、ライブ、フェス、カラオケ、ナイトプールバーベキューパーティダーツショッピング友達旅行海岸イェーイ。って感じじゃないですか。え、浜野さんは何も楽しくないんですか？　それともこれは何か皮肉めいた話ですか？　すみません私は編集者とか作家たちが共有してるアイロニーを感知できなくて、これまで色んな人に嫌な思いをさせてきた経緯があるんでちょっと布石置いとかないとで……」

「いや、これはアイロニーでも比喩でもなく、本当にただ楽しいって何ですかって話なんですけど、確かに平木さんの楽しいと感じることは、私はあまり楽しく感じられないタイプですね」

じゃ浜野さんちょっと来てください。平木さんが私の手を握ってダイニングキッチンから洋間の方に引っ張って、足元が悪すぎる中おたおたついていくと、平木さんがレースカーテンをジャッと開く。色んなものが散乱していて気持ち悪いなと足元に気を取られていた私は窓の外の光景にハッとする。

「見てくださいよこれ。楽しくないですか？」

窓の外には絶対に１ＤＫの敷地面積よりもずっと広大、恐らく四倍くらいはあるバルコニーが広がっていて、その開放感に思わずうわあと声を上げる。ガーデンテーブルとチェア四脚のセットと、ホテルの屋外プールなんかによくあるデッキチェア二台とパラソルが並んでいて、なんとデッキチェアとデッキチェアの間に置かれた小さなテーブル上のワインクーラーにはワインが刺さっていて、皿には生ハムとサラミがスライスされた状態で並べられている！

「平木さん、あなたここで寝そべりながらワインを飲んで生ハムを食べていましたね？」

「はい。全裸で」

「全裸で？」

言いながら思わず辺りを見渡してしまう。意外に高い建物はほとんどなく、全裸でも特に覗かれる危険はなさそうだけれど、めちゃくちゃ遠くの建物から望遠鏡などを使えば覗きや盗撮の危険がないとも言い切れないであろう光景で、ドアが開くまでにかなり長い時間待たされたことを思い出し、望まぬ訪問者のため彼女が嫌々服を身に纏《まと》う様子が頭に思い浮かぶ。

でもほら、私ちゃんと仕事してたんですよ。彼女はデッキチェアに置いてあったiPadを手に取り、ロックを解除して編集途中の刊行スケジュールのエクセルを突きつける。よく見るとiPad周辺にはサングラスや日焼けオイルが置いてあって、彼女が楽しいと仕事を両立させていることがありありと伝わってくる。でもじゃあ、このシチュエーションに自分自身が高揚するのかと言われると、気持ちよさそうだなとは思うものの、虫がいたら嫌だなとか、そもそも日焼けしたくないしなとか、てかもう十月前だというのに全裸で日焼けって……などと楽しいよりも先に色々な懸念が先走ってしまうのだ。つまり、あらゆる懸念を捨て去らないと、楽しいは享受できないということなのだろうか。それはそうだろう、捕まるかもとか、太るかもとか、経済的不安とか、二日酔いへの懸念とか、そういう不安があったら人は楽しめない。つまり、捕まってもいい！　太ってもいい！　お金がなくなってもいい！　二日酔いどんとこい！　みたいに割り切らないと人は楽しくなれないということだ。でもそんな風に割り切るのって、辛くないんだろうか。それは明日とか、未来の自分を切り捨てることと同じではないだろうか。いやそれとも、楽しい人たちにとっては不安や懸念よりも楽しいが凌駕《りょうが》するんだろうか。

「これが楽しいかどうか、私にはよく分からないんです。私は元々、こういうタイプのエンターテインメントと距離を取ってきた人種なので」

「じゃちょっと楽しんでみたらいいじゃないですか」

平木さんはそう言うと、ワインクーラーの陰に隠れていたスピーカーからレゲエを流して、バタバタと持ってきたワイングラスにロゼワインを注ぎ私に押し付けると乾杯を求めた。ほら、ほらほら、と促されて仕方なくデッキチェアに座り、おずおずと体を横たえ、少し風の出てきた午後四時の杉並区、暖かな空気に体を晒《さら》す。デッキチェアから見る空は、いつも無意識的にしか見ない空とは少し違って見える。そういえば空の下に寝そべったのは、いつぶりだろう。考えると経験が少な過ぎるせいで意外に答えはすぐに出て、二十代の頃に行ったハワイだった。ハワイに行くとは、そもそもまあまあゴキゲンな人がすることだ。あの時私は、楽しかったんだろうか。目を開けて空を見つめる。じっとまっすぐ青空と、流れゆく雲と、時々視界を横切る鳥たちとを見つめる。楽しかったんだろう。あの時の私は、楽しんで、心を躍らせていたに違いない。呑気《のんき》でふくよかなレゲエミュージックを聴きながら、あれがほとんど最後の楽しいだったのかもしれないと思う。人生めっちゃ楽しーい、みたいなレゲエによって寝そべっていたホテルのプールサイド、寝そべっていたホテルのプライベートビーチが引き出し奥深くから引っ張り出されてきた時、レゲエは唐突にロックに替わり、甘やかな記憶がどっと吹き飛ぶ。

「レゲエでめちゃくちゃ雰囲気出てたのに、激しいロックで吹き飛びました」

「ああ、今の、レゲエっぽい曲をレゲエっぽい感じで歌ってみたらレゲエとして認知されるか実験だっていうチキンシンクの曲なんです。この曲も同じバンドの曲ですよ」

「え、じゃあ今の、本物のレゲエじゃないんですか？」

「はい。歌詞もアッポンゲロッパみたいな感じで全然意味を成してません」

「本当ですか？　そんなことがあり得るんですか？　なんて曲なんですか今の」

「だから、レゲエっぽい曲をレゲエっぽい感じで歌ってみたらレゲエとして認知されるか実験だ、って曲です。ファンの間ではレゲエって略されてます」

　呆気《あっけ》に取られつつ「へえ」と呟くと、私はスマホで「レゲエっぽい曲をレゲエっぽい」で検索して、平木さんの話が事実であることを確認して、世の中には酔狂なバンドがいるもんだなと、アマゾン奥地のジャングルに思いを馳せるような気分で思う。これをしたら面白いんじゃないかと考えて虚無的な事物に邁進《まいしん》できる人がいるという事実は、ＳＮＳなどで知ってはいて、自分はそういう世界からずいぶん遠いところに来てしまった、という感想しかなかったけれど、実際直に食らってしまうと素直に感心してしまう。

「楽しいことがない、楽しいことを求めようとしない人って、面白いですね。それって、幸せじゃない、幸せを求めないってこととは違うんですか？」

「そうですね、幸せじゃないってことでは、ないです。もちろんそれは、幸せである、ということとも違うんでしょうけどね。そもそも皆多かれ少なかれ、三十代後半くらいになってくると楽しいことがちょっと重くなってくるんだと思いますよ。霜降り牛みたいに、少々過剰すぎますねって感じで。心が動かない平穏な状態を求めている人は少なくないはずです」

「心が動かない、揺らがない、のがいいんですか？　それってなんか、ゾンビ的な、ってことですか？」

「例えばクラブで馬鹿騒ぎとかしたら、翌日の疲労とか、二日酔いもすごいだろうし、そもそも馬鹿騒ぎしてる間もどこかで俯瞰《ふかん》しちゃってるだろうし、まあそもそも馬鹿騒ぎが自分にできるのか不明だし、周りからしたって、クラブで四十女が踊り狂ってたら、ちょっと怖いですよね？」

苦笑しながら言うと、じっと私を見つめていた平木さんと目を合わせる。平木さんは私と目が合うと何だか要領を得ない不思議そうな顔のまま「あ、へえ」と間抜けな声を上げて、拍子抜けする。

「あ、すみませんなんか。私そういうの、私の祖父母世代とかで終わったのかと思ってました」

「え、そういうのって、どういうのですか？」

「年齢とか、人にどう見えるかとか気にして、小さいところに収まる感じです」

だから私はこういう自分でありたいのだ。こういうことを言われてもさざ波が立たない、気持ちが揺れない、誰かに怒ったり苛立《いらだ》ったりしない、そういうことを私は美徳としてきて、それが達成できない苦しみをもう味わいたくなくて、この何も起こらない、何にも心が動かない、何にもマイナス感情もプラス感情も持たない、静かな人生を選び取ったのだ。消極的選択ではない。これは自分のための、積極的選択だったのだ。

「こうでなかったら、私は耐えられなかったんです」

「私、昔から規格がでかくて、だから小さいところに入るのはやめたんです。兼松の社員とか日本人とか女とか地球人とかじゃなくて、もうなんか自分のことは一つの世界って感じで捉えようと思って」

なるほどお……と呟きながら、ロックを背後にロゼを飲み、空を見つめる。ハワイは、ハワイに行く楽しさは、私には分不相応だったのだろう。だから私はルーティンご飯と仕事と動画、の生活に埋没し、安寧を手に入れたのだ。周囲を見渡して思う。このファンキーさは、私には過剰だ。裸になってもいいですかと聞く平木さんに、では私はそろそろ帰りますと慌ててデッキチェアから立ち上がる。

「部長へは、平木さんはまだ少し足が痛そうですと伝えておきます。ですが捻挫で三週間の在宅は、ちょっと無理があります。余計なお世話だとは思いますが、こういうことを続けていると他部署の社員からの風当たりが強くなるかもしれません。そして書籍の編集者が社内で嫌われると、本当に仕事がやりづらくなります。有能で型にはまらないタイプの編集者ほど合理性を追求するゆえ、自分本位と嫌悪され、辞めていくケースが多かったです。これは私からの忠告です。そしてもう一つ忠告ですが、ホストクラブに行く時は一回につき利用額の上限を決めておいた方がいいですよ」

「おけです！」

平木さんが言いながらオーバーオールの金具を外すから、私は慌ててでは失礼しますと窓を潜《くぐ》り、自分のバッグを手に取ると「平木さん鍵かけてくださいね！」とテラスに向かって大きな声を出し、家を出た。楽しい、とは違うけれど、足を踏み出すたび体にこびりついていた泥が乾いて動くたびにパラパラと落ちていくような、そんな爽快さがあった。

それでも家に帰れば私は今日も玉ねぎとキャベツ、昨日の残りの豚バラを炒めてシャンタンで味付けをしたものと、パックご飯をチンして食べる。お供は麦茶だ。朝は毎日牛乳を飲んでいたけれど、ここ数ヶ月牛乳を一杯飲むと少々胃がもたれるようになったため、朝は水で済ませるようになった。こうして加齢由来の変化を少しずつ加えながら、私は己の生きやすさを追求していく。それが、それだけがマイウェイだ。

結婚詐欺シリーズを見終わってしまったため、あまり面白くないけれど大量にシリーズがあるからという理由で見るものに悩んだ時にのみ流すことにしているにも拘らずもうシリーズ五の途中まで見てしまった工場見学シリーズを流す。シリーズ五の八話はとうもろこしをとうもろこし粉に加工するメキシコの工場で、これはまた一段とつまらなそうだと思っていると、唐突に画面が震え始めて咀嚼《そしゃく》を止める。画面にはお母さんと出ていて、口の中のものを飲み込むと麦茶を一口飲み込んでから通話ボタンを押した。

「もしもし？　文乃《あやの》？　私だけど」

「うん」

「元気にしてる？　なんか今日病院から電話があってね、お父さんそろそろ危ない感じみたいだから、一応伝えておこうかなって思って」

「あ、そうなの。分かった。お母さんはお見舞いとか、行ってるの？」

「うーん、まあ病院に呼び出された時は行ってるけど、わざわざ病室には行かないかな」

「そうなんだ。分かった。病院て、前と変わってないんだよね？」

「そうそう、赤坂メディカルセンター。文乃が前に行った時から病室は変わったかもしれないけど。まあ行くなら病室は受付で聞いて」

「分かった」

「じゃまた何かあったら連絡するね」

お母さんはそう言うと慌ただしく電話を切った。何かあったらって、お父さんが死んだらってことかな。そう思いながらとうもろこし粉工場見学に戻ろうとしたけれど、何となく気が進まずスマホをスリープさせる。お母さんは学生の頃に私を産みお父さんと結婚して、今も六十三歳でバリバリ現役で働いている。祖母に育児を丸投げして大学に復帰すると、お母さんは怒濤《どとう》の勢いで勉強して首席で卒業しテレビ局に入社。二十代でアナウンサーを、三十代に入ってからはディレクターに徹し、四十代で映像制作プロダクションを仲間数人と立ち上げ、五十代で作ったヒューマンドラマ系の番組でギャラクシー賞を受賞、ここ数年で映画制作にも進出し、とにかく止まったら死ぬのかと問いたくなる勢いで働き遊びがむしゃらに生き続けている人だ。彼女はとにかく喋る。いつも私を見つけては喋りまくってはすぐにどこかへ消えていくから、残された私には「何だったんだあれは」と竜巻に巻き込まれたような体験への疑問だけが残る。そんなことの繰り返しで、私は母親があまり得意ではなかった。見た目的にも母と言ってしっくりくるのは祖母の方だったし、幼い頃ずっと育ててもらっていたこともあって私はおばあちゃん子だった。そんな第二と言わず第一の母とも言える存在が自分が二十代半ばだった頃に亡くなった時、私の中の時計が一つ止まった。おばあちゃんの心臓が止まり心電図の線が動かなくなった時確実に、その針が止まったのを感じた。おばあちゃんと私が共に生きてきた時間は、おばあちゃんと私の共有する時計を作ってきた時間だったんだ。それでそれが今止まってしまったんだ。私はそう思って絶望し、泣きに泣いた。実の娘であるお母さんは、祖母が亡くなる前から喪主はあんたに任せただってあんたの方がずっとおばあちゃんと一緒にいたからねと大役を丸投げ、祖母が亡くなった時病室にもいなければ通夜にも来ず、葬式の佳境に滑り込みでやって来て「セーフ！」と笑顔で声を上げ親戚たちをドン引きさせた。多分、現代の子供だったとしたら何かしらの診断名がつくであろう人だ。

でも、直後はそうして絶望したけれど、それ以降、私はおばあちゃんと作り上げた時計がまた針を動かしているのを感じる時がある。母と違って静かに過ごすのが好きだった私に、祖母が与えてくれた桜餅やおはぎなどの和菓子、淹れてくれた煎茶、教えてくれた編み物、焦らなくていいんだよと、答えに迷ったり物事をうまく進められない時にかけてくれた柔らかな言葉、そういう彼女の与えてくれた物ものが時々、今まさにかけられたようにもらったように生々しく、自然に蘇るのだ。そういう時、私はおばあちゃんの子なんだなあと思う。そして全然、お母さんの子じゃないんだなあと思う。

そして、こうして母と祖母のことを思い出していても全く記憶の片鱗にも現れないのが父だ。私が生まれた時、父も大学生だったものの休学はせず、特に育児にも携わらないままストレートで新聞社に入社。二十代の頃忙しくてあまり家にいなかった母と、祖母に懐いてしまった私によって居場所が奪われた父は分かりやすく仕事に没頭。会社に寝泊まりすることも多く、家庭内別居と別居を続け結婚四十年超え、という色々な意味で筋金入りの夫婦なのだ。

もちろん、そこに至るまでに彼らの間であらゆる問題が発生したことも知っている。酔っ払った時、本人不在の時ではあるが祖母に対して「あのババア」と悪態をついたこと。うちの子は頭が悪い、と私の成績表を見たお父さんが言ったこと。テレビ局なんてちゃらついた仕事、とお母さんの仕事をディスったこと。他にも色々あったらしいけれど、まあ大体がこういう話で、お母さんは何度も何度も、それはもう何度も離婚を要求したらしいけれどお父さんは頑として受け入れず、拒み続けて四十年。お母さんはテレビ局時代から付き合っている恋人がいて、さらに恋人二を作って恋人一と揉めたりなんかもして、でもやっぱり恋人一が良かったのか元サヤになって、でもたまに浮気をしているようなこともあったりしたみたいで不穏な時もあったらしいけれど恋人一とはこの二十年くらい一緒に暮らしていて、お父さんは完全に蚊帳《かや》の外で多分恋人一のことはずっと前から知りながら離婚を拒み続けていて、一年前クモ膜下出血で倒れた。翌日意識が戻ったもののすぐに再発して、それからずっと意識が戻らないままだ。

私の中に残っている父親の記憶は、煙草《たばこ》を吸っている姿と、トマトとかにんじんとかかぼちゃとか、黄色とか赤の野菜が嫌いで、それらが食卓に出るとむすっとした顔をしていたこと、お母さんと言い争っているところ、くらいだ。生まれてこの方夫婦仲がずっと悪かったから家族旅行はいつも母と祖母の三人だったし、私の入学式とか卒業式、運動会とか発表会、授業参観なんかにも、父が来た記憶はない。私の幼少期の家族の記憶は、母に好かれたくて母に話を合わせていた記憶と、家庭を顧みない母の不在を埋めようとするかのように可愛がってくれた祖母の記憶で、父の記憶はない。いつも同じ家のどこかにいて、顔を見れば恐怖か嫌悪か苦手意識か、何か嫌なものが芽生えるという、クリーチャーのような存在だった。お母さんが二十代後半でローンを組んで建てた二世帯住宅も、お父さんは家に何一つ手も口も出さなければ、お金も出さなかったのだという。祖母は一階に住み、玄関も別で、私たち三人家族は二階の玄関から入っていたけれど、玄関入ってすぐのところにあったお父さんの自室の中にはトイレやお風呂も備わっていて、日本に於《お》いては異質な設計だった。その家が建ったのを境に、お父さんは私たちと食卓を囲まなくなった。私と母はご飯を食べる時は一階で祖母と共に食べ、寝る時は三階の自室で、お父さんと同じ家に暮らしながら三ヶ月や四ヶ月会わないということもザラにあった。今考えれば、お父さんは会社以外どこにも行かず、自室に閉じこもり続ける、ネオ引きこもりのような生き物だったと言えるだろう。お母さんは、あの家を建て、あの部屋にお父さんを閉じ込めてもう自分の人生からなかったものとして、いつの間にか消えたものとして捉えようとしていたのかもしれないと、今改めて思う。二十数年前、私が就職してあの家を出て、それと時を同じくしてお母さんも起業して恋人と暮らし始め、それから数年後に祖母が膵臓癌《すいぞうがん》で亡くなると、お父さんはあの大きな家に一人取り残された。自分が建てたわけでもない、自分の名義でもない、妻に嫌われたせいで自分が孤立するように作られた家で一人年金暮らしをし、そんな状況なら一人で孤独死するのが筋だろうと思うのだけど、なぜか買い物途中に倒れたため救急搬送され一命を取り止め、それ以来寝たきり、恐らくほぼずっと意識もないまま入院を続けているのだ。

離婚したいのにできない人生とは、どんなものだろう。ほとんど粘り勝ちでやもめとなる一歩手前にいるお母さんは、今ホッとしているのだろうか。自分がお父さんの妻として死なずに済んだことに、ようやく恋人と結婚できることに、六十三にしてようやくお父さんの呪いから解放されることに、安堵《あんど》しているのだろうか。それとももう、お父さんが生きていようが生きていまいが、彼女にとって何の意味もないのだろうか。そして母と父が一切精神的な繋《つな》がりを持っていないことは、私の人格形成にいくばくかの影響を与えたのだろうか。私はことあるごとに、そんなことをぼんやりと考えては、憂鬱《ゆううつ》な気持ちで考えるのをやめた。

お父さんが初めて倒れた時、私は病院に駆けつけた。何となくそうするべきなのかなと連絡を受け、ほとんど反射的に病院に向かったけれど、受付のベンチでどことなく爽やかな表情で書類に記入しているお母さんを見た瞬間、そうか別に悲しんでる振りとか、慌てて る振りとかしなくていいんだと気がついて、「おつかれ」と声をかけた。お母さんは振り返ると、「おー久しぶり」と旧友との再会のような表情を見せ、いつぶりだっけ？　おばあちゃんのお葬式以来？　さすがにそれはないか、えっと、三回忌とかぶり？　と捲《まく》し立てた。実際にはどうして死んだ人に時間割かなきゃいけないの私忙しいんだけどとお母さんが主張したため一周忌も三回忌も七回忌もやっておらず、最後に会ったのは五年くらい前唐突に「あんたスイカ好きだったよね？　今から持ってくよ」と住所を聞かれ、マンションの前でタクシーから降りもせず巨大な一玉を渡されたのが恐らく最後の対面だった。その前は確か、その三年くらい前、先方の都合で接待がリスケになったのだけれどレストランの予約がキャンセルできないから数合わせに来てくれと言われて行ったら母と母の会社の人たち三人と私の五人というどうにもならない組み合わせで、まあまあ気まずい雰囲気の中二時間半かけて高級フレンチを食べたという会だった。もちろん母親は、そんな雰囲気を気にする素振りは一瞬も見せなかったけれど。

父親が倒れて搬送されたというのに、違うよ五年くらい前に突然私のマンションにスイカ持ってきたのが最後だよ、私そんなことしたっけ？　と話す私たちは、傍《はた》から見ればひどい家族に見えただろう。でも私は、搾取され続けたという思いが拭いきれない。自分に一ミリも愛情を持っていない男が父親であることで、私は他の子供たちが当たり前に与えられてきたあらゆるものを喪失してきたという実感があったのだ。私にも母にも愛情がないのに、離婚だけはしなかった男、今となってはなぜしなかったのか分からないし、彼自身にも分からないのかもしれないその理由にも、もう興味が尽きてしまっている。もう思春期や青年期はとうに終え、四十にして惑わずなのだ。感傷的な気持ちも皆無。あるのはただただ私に介護とかさせないでくれて本当にありがとうという、血縁的な繋がりに一切幻想を抱いていない母親への感謝の気持ちだ。

母は、私が死んだとしても、あの祖母の時のように葬式に駆けつけて「セーフ！」と笑うのだろうか。私が危篤状態の時も爽やかな表情で書類に記入するのだろうか。一瞬憂鬱になるものの、まあそれでも構わない、とも思う。祖母が亡くなった時、「これでようやく家が売れる！」と意気込んでいたのに結局それから二十年特になんのアクションも起こさず最後まで父親はあの家に住み続けたらしいし、去年父親が入院した時も「さすがにもう家売らないとな」と呟いていたけれど、多分母親は自分が持ち主である限り、煩雑な手続きが必要な家を売るというアクションには出ないだろう。恐らく彼女の病名はＡＤＨＤだ。

次第に憂鬱の皮膜が私を覆い始めている気がして、振り払うようにぎゅっと髪の毛を一つに括《くく》った。足元から蔦《つた》のような鬱が張り付こうとしている。この根拠も理由もない鬱は、神出鬼没でやってくる。何が不安なのか、怖いのか分からない。いや、考えてみれば、色々と怖いことはある。老後一人きりでどこでどうやって死んでいくのかという不安、看取ってくれる人はいないのかもしれないという不安、そもそも自分にとってそういう人がいた方がいいのかいない方がいいのかすら分からない不安、一人で生き続けていつか認知症になったら、その後の私の人生はどうなるのかという不安、私は老後を快適に生き抜く貯金が作れるのかという不安、そのために貯金を続けているけど例えばいつかうつ病とか激しい更年期障害とかになって働けなくなってしまったらどうしようという不安、生きているだけでお金がかかり、物価はどんどん上がり続け、税金も上がり続け、東京オリンピック後に地価が暴落すると聞いていたためおひとりさま向けマンションを買おうと意気込んでいたものの、終わってみれば日本で不動産を購入していく中国の富裕層が多く地価は下がらず買い逃してしまった不安、とキリがない。堂々巡りで、結局のところ行き着くのは、お金と老後の不安。という何の面白みも斬新さもない、ただ税金を搾り取られ続けるだけの、知恵もなければ機転も利かない取り柄すらない日本人の不安でしかないのがまた、どうしようもない虚しさを醸す。私は怖い。お金が無くなるのが怖い。不幸な老後を送るのではないかという不安が辛い。芥川龍之介だって、自殺の理由を将来に対する唯ぼんやりした不安、と表現したのだ。この恐怖に抗って生き続けることなど、不可能な気さえする。小さな子供がいる人や、未来のある若者、まだ生きたいと望む人、そういう人の代わりに死ねたらどれだけ有意義だろう。私は無駄な生を、無駄に生きている。無為な生を紡ぎ続けるよりは、誰か生きる意味のある人のために命を差し出したい。そんな思いに、時々強烈に駆られる。

浜野さんランチ行こー。労務にやって来て、最大限の違和感を醸し出しながら私の席までやってくると、平木さんはまるで隣の席の人を誘うように言う。彼女の部署は文芸編集部で、何なら別ビルで徒歩五分のところにあるのに、あのあとまた一週間の足痛在宅を続けてようやく復帰したと思ったら、週二くらいのペースでこうして私を誘うようになったのだ。すた丼、クリーム盛り盛りパンケーキ、スリランカカレー、うなぎ、と彼女の誘うごはん屋はガッツリ系ばかりで、普段はコンビニのおにぎり二個とミニサラダというスタイルを永遠に続けている私は、外食自体は嫌ではないものの、彼女とランチに行くと必ず夜そこまでお腹が空かずいつもの夕飯を少し残してしまい、そうなると翌日の朝などに食べなければならず、そうなると普段は食パン二枚で朝ごはんとしているのに食パン一枚と昨日の残り、ということになってしまい、そうなると微妙に足りなくてランチまでにお腹が空いてしまいおにぎりを三つにして、でもそうなるとかなりお腹いっぱいでやっぱり夕飯を少し残してしまい、というループに入り込んでしまうことに悩んでいたため、少し警戒する。

「今日は、何を食べに行く予定ですか？」

「今日は中華ビュッフェです！　北京《ペキン》ダックもあるんですよー」

北京ダック……と想像するや否や断ろうかなと思っていた気持ちが息絶え財布を摑《つか》んでしまう。めっちゃ人気店なんで早くしてください！　と急かす平木さんは定時があってないような編集部に配属されているため、本来であればお店の混む十二時ぴったりにランチに行く必要はないのだけれど、初めて誘ってきた時、私は十二時から十三時まで以外はデスクを離れられませんと伝えるとそれ以降十二時ぴったりにやってくるようになった。平木さんは会社のルールとかしがらみ、暗黙の了解をぶち破っていく人だけれど、意外に人の置かれた状況も説明すれば受け入れてくれるところが憎めない。

「労務の人って、例えば十二時十分とかにお昼休みとっても、十三時に仕事を再開するんですか？」

「いや、十二時十分にとったら、十三時十分に戻ればいいです」

「じゃなんで十三時にとって十四時に戻るのはダメなんですか？」

「うーん、まあ事情があればしょうがないですけど、基本的には皆が休むところで同時に休みましょう、って感じかな。自分のペースで期日を守ってやる業務もあるけど、労務はきたものに対応する仕事も多いので」

ふうん、と平木さんは口の両端をぐいっと下げて顎に梅干しを作り、いかにも納得がいってないなそうな子供っぽい表情を浮かべた。例えば私が十八とかで出産していれば、このくらいの娘というのもあり得たのかと想像して、和みかけていた気持ちが一瞬で萎える。今日の平木さんはパラシュートパンツにクロップド丈のTシャツで、五センチくらいしっかりお腹が出ている。パンツの上に柔らかそうな肉が少し載っているけれど、そういうのを全く気にしないところがいかにも平木さんで、私は勝手に嬉しくなる。去年異動で消えてしまったけど、巻田《まきた》さんという私の少し先輩が労務に配属され、ことあるごとにランチに誘ってきた時は胃が弱っていて質素なご飯にしたいので、とか、だったらお粥《かゆ》食べにいきませんか中華の、いえ倹約もしてるので、いやいや僕が奢《おご》りますよ、いやちょっと忙しいのでデスクでちらほら仕事しながら食べたいんです、ダメですよ浜野さん、フランスではデスクでご飯を食べることは法律で禁止されてるんですよー、え……どうして禁止なんですか？　ランチはコミュニケーション、ってことですよ！　と攻防戦を繰り広げていたのだけれど、平木さんが定期的にご飯に誘いにくるのはループ問題はあるにしても全く嫌ではない。そもそも、巻田さんはどうやら私を狙っていたらしく、それも「俺も歳だし婚活では若い子は引っかからないし、手近でありながら断らなそうで、収入もあるから養わなくて良いけど真面目だから老後は介護してくれそうなこいつに決めた」というお前にとって結婚て何だ？　と小一時間問い詰めたくなるような理由で選ばれたターゲットだったらしいのだ。もちろんこれは巻田さんこんなこと言ってたよーと忠告してくれた人の言葉を自分なりにかなり邪悪に受け取った上での解釈だけれど。社交性社交性、と自分を殺して行った二回分のランチを返せと言いたくなる。

「あっ、ヤバかったですね、もう満席じゃないですかほら私たちの後に来た人たち並んでますよ？　私が急かさなかったらヤバかったですよほんともー」

席に案内されながら平木さんが入り口を指差して言う。中華ビュッフェは賑《にぎ》わっていたけれど、料理が並べられている様子はなく、キョロキョロしていると平木さんが目を光らせ「ここはオーダービュッフェなんです」となぜか自分に向けたパーで目元を隠しながら舌を出して言う。なぜそんなおかしなポーズと共に伝えるのか謎ではあるものの、席に着くと見目麗《うるわ》しいメニューに思わずうわあと声をあげてしまう。

「浜野さん早まってはいけませんよ。私は事前調査をして、このお店の人気メニューを把握していますから、注文は基本的に任せてください浜野さんがどうしても注文したいものがあれば仕方ありませんけど、私はほぼ二人分のメニューを考えてきたので極力控えてください」

ひどくないですかそれと不平を言いながらも、あまり決断力のない私にとって、こうしてイニシアチブを取ってくれて、メニュー選びも失敗しない平木さんのような人は貴重だ。北京ダック二人前、鮑《あわび》のソース煮、エビの唐辛子炒め、春巻き、小籠包《ショーロンポー》、酢豚、牛肉の山椒辛子炒め、蟹爪揚げ、パイコー、すみませんやっぱり小籠包は蟹味噌入り小籠包にしてください、海鮮シュウマイとフカヒレスープと炭火焼きチャーシューでとりあえずストップします。平木さんの迷いのない口調に思わず押し黙り、麻婆豆腐とか回鍋肉《ホイコーロー》とか思ってたのが吹き飛んで「あ、以上で……」と切り上げてしまう。

「えいいんですか浜野さん何も頼まなくて。ちょっと余裕残しといたのに」

「え、そんなに食べられる？　麻婆豆腐とか……って思ってたんですけどちょっと遠慮しちゃいました」

あっ、と慌てた様子で平木さんはすみません麻婆豆腐も！　と店員の背中に声をかけ、振り返って親指を立てた店員にウィンクをする。

「大丈夫ですよー。さすがにビュッフェなんでそんなに量ないです。小籠包とかシュウマイなんて一人一、二個ですよ」

「あ、なるほど。それにしても今日はさすがに夕飯いらないコースかもしれません」

「二巡目では一巡目でおいしかったものの追加と、麺とかご飯もの、三巡目ではデザートいきましょ」

「え、でも十三時に会社戻れるかな」

「ここ制限時間百二十分ですよ。三千円をドブに捨てる気ですか？」

「いやでも、二時間はさすがに……」

「え、事情があれば大丈夫って言ってたじゃないですか」

「これ、事情になりますかね。ていうか、食べ放題行ってたんでなんて、言えなくないですか？」

「ビュッフェが事情じゃなかったら何が事情なんですか！」

「……まあ、それはそうかもしれないですけど」

言いながら、私はTeamsで諸事情により戻り十四時頃になりますと報告する。部長はよくいなくなるし、そこまで厳しい部署ではないから大丈夫だろう。そうなってくると、一体なぜ自分は毎日律儀に十二時にお昼休みをとり、十三時に業務を再開するのかよく分からなくなってくる。でも実際、管理系の部署は基本的に皆十三時に戻り業務を再開するのだ。だから、目立つのだ。そうか私は目立ちたくないからお昼休みを十二時にとり、十三時に業務を再開させるのか。別に疑問にも思っていなかったけれど、社畜謎が一つ解ける。

「平木さんはどうですか最近。ホストに貢いでませんか？」

「特別予算が尽きたので、しばらくは行きません。この間ご飯は行きましたけどね」

「ご飯行ったんですか？　下世話な疑問ですが、それは平木さんが奢るんですか？」

「まあそうですね。お金ないから同伴できないって言ったら、ご飯だけ行こうよって言われて。同伴の、同伴まではしない寸止めバージョンです」

「それは同伴と言っていいんでしょうか」

「ま、私たち友達ではないですからね。ま、適当な居酒屋ですよ。特別予算の尽きた私にはそんないいとこ連れてけないですから」

「私は経理にいたこともあるんで知ってるんですけど、たまにすごい使い込み方をする人がいるんですよ。恋愛に金が絡むと、人って一変するんです。ドラッグとかギャンブル、お酒と同じですね。まあ、平木さんは大丈夫だと思いますけど、節度を持って遊んでくださいね」

「ま、言っても私彼氏いるんで。そこまでやらかすことはないと思います」

「え、平木さん彼氏いるんですか？　それなのにホストに嵌って、特別予算使い切っちゃったんですか？　ていうか私たちこの週二くらいのランチを通じて結構仲良くなったと思ったのに、一言も言ってくれなかったじゃないですか。びっくりですよ！」

「私もちょっと、彼氏がいること忘れてたんですよ」

そう笑う平木さんは舌を出してミスを報告する漫画のドジっ子新入社員のようで、呆れつつも笑ってしまう。次から次へと運ばれてくる完全無欠の中華料理を、いやちょっと落ち着けよと言いたくなるペースで食べながら、平木さんは彼氏との出会いと経緯を話し、私はうんうんふんふんと相槌《あいづち》を打ち続けた。それによると平木さんと彼氏の出会いはタイ料理屋で、朝方まで飲み続けて翌日昼頃には付き合うことになっていたという私にはちょっと理解のできない速さで関係を築き、その三日後には出会ったタイ料理屋の店員が里帰りをするのに同行して三人でタイ旅行へ。この頃は互いに学生だったが、お互いに就職し彼は商社、平木さんは出版業界へと進み、彼は社会人四年目でベンチャー企業に投資、その会社がバカ当たりして配当金が膨らんできたところで商社から外資系メーカーに転職、去年から社費留学でＭＢＡ取得のためアメリカで勉学に励んでいるのだという。聞きながら、普段から丁寧な口調を心がけているのに「すげー」とか「マジかー」と思わず砕けてしまう。

「平木さんの彼氏が超できるスーパービジネスマンであり、恐らく起業家とか経営者になっていくであろう勝ち組イケメンだってことは分かりました」

「いやいや、細かいこと気にするし、小さい男なんですよ。まあでも、完璧主義なんだろうな。私みたいな、この間家来たから分かると思いますけど、私の家あんなんじゃないですか。だし、キャリアとかそういうのも全然考えてないし、なんか釣り合わないよなーって、あ、卑下するつもりは全然ないんですけどね。私は唯一無二の平木直理だし、それはもう誰よりも素敵なんですけど、でもなんか、私たち合わないよなーと思うことはあって、まあ彼が頑張って私のダメなところカバーしてくれてたみたいなところがあったんですけど、まあそれがなくなって、彼と出会う前の私になって、したら意外に毎日めちゃくちゃ楽しくて、あれ私彼氏いない方が人生楽しめるのかも？　って思ったりもして。いやめっちゃ幸せだったし満たされてたんですけどね彼氏日本にいた時も。でもなんか、それとこれは別の幸せなんだよなあって。私まだ若いのに、ちょっと落ち着き過ぎちゃってたんじゃないかなって。彼氏のことは好きだし、あの人が彼氏って思うとめっちゃテンション上がるんです。私のことめちゃくちゃ大事にしてくれるしイケメンだし。でもなんか、いないといないで、それはそれで楽しいんです今はキャッツもいるし」

　キャッツというのは例のホスト、平木さんの担当だ。キャッツキャッツ言っているから、彼奴《きやつ》という意味だろうと思っていたら、この間過去最大の看板貼り出されたんですと新宿歌舞伎町に掲げられた巨大看板の画像を見せてくれて、〝MONORO本店No.1ホスト鬼ヶ島鬼ゃ奴〟と書いてあって笑ってしまった。オニガシマキャッツという名前を源氏名にするネーミングセンスのホストと、MBA留学をする彼氏では、それはもう一緒にいる時の楽しさは掠《かす》りもしないだろう。

「でもでも、あれですよね彼氏ってタイ料理屋で出会ってその翌週にノリでタイにタイ料理屋さんの店員と平木さんと一緒に行っちゃうくらいのノリの良さはある人なんですよね？」

「や、それは私がケーキと、あケーキってタイ料理屋の店員さんなんですけど、と、えー里帰りするの？　私もタイ行ってみたいなーじゃあ行こうよってなって、本当に準備し始めたから、慌てて自分も行くって言い始めただけだったらしいんですよ後から聞くと。この人どこまで本気なんだろう、あれチケット取っちゃった、本当に行くの？　えってことは俺もほんとに行くの？　ってめちゃくちゃ半信半疑のまま出発の日を迎えたらしいんですよ」

なるほど、私は彼の方にシンパシーを感じますね、と言いながらようやく現れた主役、北京ダックを頬張ると、甜麺醤《テンメンジャン》の甘み、肉の旨みと風味と食感、シャキシャキしたきゅうりとネギの辛味がハーモニーとなり、美味しさの濁流に飲まれるように一気に小さめの二切れを食べ切ってしまう。ちょっとがっつき過ぎたなと思ったけど、おしぼりで手を拭きながら見ると平木さんも食べ終えていて、店員さんに手を挙げると私の意見も聞かず北京ダック四人前おかわりください、と伝えた。

「甘いものは別腹って言いますけど、北京ダックも普通に別腹ですね。なんか私、大人になって初めて知ったんですけど、私の別腹ってなかなかの容量があるらしいんですよ。あっていうか、他の人の別腹って大したことないんだなってことを大人になってから知ったというか。だから私、今日は別腹デーとなるとすごいんです」

「えでも別腹ってご飯とは別にデザートがとか、甘いものがとかってことですよね、今日が別腹デー括りとなってしまうと、今日食べるものは全てデザートとか甘いものってことになってしまうんじゃないですか？　あ北京ダックはもはやデザートという認識でいい感じですか？」

「別腹はデザートとか甘いものとかいう認識古くないですか？　個人個人にそれぞれの別腹があるってことで良くないですか？」

平木直理は、彼女の意に反することを言うと「それ古くないですか？」「それって昭和的観点ですか？」「平成すら体感で言うと三十年前に終わったんですよ？」と世代括りをしてくる。全部世代とか年代とかで括っちゃうの雑過ぎない？　と思うけど、私たち昭和世代が信じてきたものとか、大切にしてきたものを雑に打ち壊してくれることに、ちょっとした快感もある。最初は痛みがくる。でも徐々に少しずつ、痛みの亀裂から快感が染み込んでくるのだ。私たちは歳を重ねるごとに歯石みたいにこうして凝り固まっていって、もはや自分の力では打開できない汚れを積み重ね、知覚過敏になるのだ。知覚過敏で死ぬことはないかもしれないけれど、アップデートできないということは、少しずつ死んでいくということに等しい。私はそうして死んでいく年配者をたくさん見てきた。新入社員の頃から、敵はいつも年配の男性時々女性で、今も敵は変わらない。そしていつか私もあそこに仲間入りしてしまうのだろうかと怯えてもいたのだ。

「平木さん、私がいつか部長とかになったりして、いずれ若者たちに老害と呼ばれてもおかしくないような弊害を及ぼすようなことがあったら、ちゃんと注意してくださいね」

「浜野さんは大丈夫ですよ。自分が正しいと思い込んでないから。大体の害悪は、自分が一番正しいと思い込んでる人です。自分が正しいと思い込んでる人です。浜野さんは、一番とか二番とか、そういう概念がないし、いつも自分は正しいのかなって考え続けてる人でしょ」

うーん、と言いながらエビの唐辛子炒めを頬張る。パプリカと玉ねぎと一緒に炒められた塩味ベースでとろみのついたエビは歯応えがあって、そのブリンブリンな食感にパンドラの箱が開きそうになって、私は顔を顰《しか》める。動揺で変なところに入りかけ、咳《せ》き込みそうになるのを我慢して慌てて烏龍茶《ウーロン》で飲み干すと、胸をトントン叩く。

「大丈夫ですか？」

平木さんにコクコクと頷《うなず》いて、私は俯いて涙目をおしぼりで拭く。開き掛けた木箱を押しとどめ、緩んでいた金具のネジをぐりぐりドライバーで締め直すように、記憶を遮断し今のこの世界に目を凝らす。

「えっと、どうなんでしょう。私は自分が正しいのかどうかとか全然分かんなくて、分かんないままアップデートもせず、立ち止まっちゃっただけなのかも。何が正しいのか分かんないな、ってぼんやり立ち尽くしてキョロキョロしてる感じ。そんな虚無の日々を、もう何年も続けてる気がする。あ、別になんか、厨二的なあれじゃないですよ？　ただの無味透明無意味無価値な虚無、って感じで」

ふーん、と平木さんはよく分かっていないような顔でじっと私を見つめながら頷くと、蟹爪揚げにかぶりついた。平木さんは、無理して人を分かろうとしないところもいい。わかんね、と、切り捨てるというよりは保留のまま放置してる感じだ。そしてその理由が、多分他人にあまり興味がないことであるのもいい。あんなに散らかった部屋で平然と生活できる無頓着さと、平木さんの人のよく分からないところを放置できるスキルは、おそらく根底で繋がっているのだろう。

実際、分からないことに耐えられず、敵か味方かとか、こっち側かあっち側か、と判断したいがために人を自分の理解できるレッテルで雑に括ろうとする人が多いのだ。そしてそういう人の多くは、自分のレッテルからはみ出した瞬間相手に激怒したり、切り捨てたりする。別に恋人とか家族とかではないし、この程度の「ふーん」で流せる感じでいいのだ。いや、恋人とか家族でも「ふーん」でもいいのかもしれない。究極、自分以外の、いや自分自身もまた、よく分かんない他人、と片付けられれば、世の中の情念による犯罪は皆無になるだろう。でも自分が自分自身をよく分かんない他人、と片付けたら、じゃあ自分とはいったい誰で、誰が責任を取るんだということになるから、やっぱり自分のことはそれなりに傘下に置いた方がいいのかもしれない。傘下などと、ナチュラルに自分の方が上と設定してしまう時点で、なんだお前偉そうにと反乱を起こされる可能性もなくはないけれど。

「そういえば、最初に会った時浜野さん楽しいが分からないって言ってましたけど、その後も毎日つまらない感じですか？」

「まあ毎日つまらないですね。でも私は敢えてつまらないを選び取り、つまらないを志し、つまらないを極めているので全く問題ありません。私はこのつまらないと自らの意思で同居しているんです。このつまらないだけが、私を傷つけず私を愛さずとも容認し、放っておいてくれるからです」

それいいですね、と平木さんはエビを頬張りながら親指を立てていいねをする。

「じゃ、浜野さん今日一緒に来てくださいよ」

「え？　どこにですか？」

「それは内緒です」

「私は未定恐怖症なのでどこに行くか分からない状態で行くとは言えません。まあ初対面のタイ人の里帰りについて行ってしまう平木さんには分からないでしょうけど」

「浜野さんを驚かせたいんですよ」

「私は驚きたくないんです」

「いいから騙《だま》されたと思って来てくださいよ」

「騙されるのも嫌なんです」

「このつまらないからの卒業ですよ」

「今いいですねって言ってくれたじゃないですか。なんでつまらないから卒業しなきゃいけないんですか」

「いや意外とおもしろいもいいじゃんって思うかもしれないじゃないですか」

「いやいやおもしろいとかそういうの私は駄目なんです。大概おもしろがれないですし」

「いやいや浜野さん分かってないなー一回おもしろいを卒業して、つまらないも卒業したなら、やっぱり次にはおもしろい、がくるんですよ。つまらないとおもしろいは二項対立ですからね」

何ですかそれ、と言いながら苦笑する。牛肉の山椒炒めを食べている間に追加分の四人前、一人四本の北京ダックがやってきて、二人して一気に食べてしまう。今浜野さんが勢いよく二人前平らげたら今日来てくれる、って頭の中で占ってたんですと平木さんが適当なことを言うから、いやいやそれ占いじゃなくて願掛けですから、と口を歪めて笑いながらおしぼりで手と口を拭う。一体どこに連れて行こうって言うんですか場所だけでも教えてくださいよと言うと、それはまあ、と平木さんは斜め上を見やり考える素振りをする。

「神泉と表参道の中間って感じの場所ですかね」

「それ渋谷ですね」

「まあ渋谷っぽい場所ではあるかもしれないですね」

「嫌ですよ私渋谷なんてもう三年は行ってないですからね。最後に行ったの渋谷でしかやってなかったから仕方なく行ったミニシアター系の映画館ですよ。その前に行ったのは多分その二、三年前、やっぱりミニシアター系の映画館です」

「いや、北京ダック勢いよく二人前食べたんだから、浜野さんは来るんです！」

だから何なんですかそれ……と言いながら、もし自分に妹がいたらこんな感じだったのかなと想像してみる。あんな崩壊家庭で育ってたら、こんな屈託のない子にはならなかっただろうか。もしもお母さんが私を産んでなかったら、あのお父さんとデキ婚をしなかったら、お母さんはもっと素敵な男性と結婚して、複数人の子供を産んで、幸福な家庭を築くことができたんだろうか。まあこっちからしてみれば（その後不仲になるくせに）勝手に産みやがって、ではあるのだけど、こんなミジンコみたいな私の存在がお腹に根付いたせいでお父さんと結婚する羽目になった母親、離婚が叶わず幸福な家庭を持つことも、他の男と結婚することも叶わなかった母親、と想像してみると、それはそれで可哀想《かわいそう》にも思えてくるくらいに、私は老成してしまった。

だったら産まなきゃよかったのに、何で産んだんだよという怒りは、十代の頃にはあったけれど、四十にもなるとさすがに「何で産んだ問題はいい加減卒業してそろそろ自分のことを考えたら」という声が聞こえてきそうだから、そのテーマには目を向けないよう気を付けている。

「もう行くって連絡しちゃいますからね。浜野さん予定ないんでしょ？」

まあないですけど……という返事を待たず、平木さんはスマホをいじり何かしらを誰かしらに送信したようだった。今日自分がどこに行くか分からないと思うと、不安で堪《たま》らなくて、不安発作が始まったみたいに胸に靄《もや》が広がり始めて、また唐突に自分の将来が不安になってくる。こんなにも未来が見えないのに、どうして皆は生きていけるのだろう。普通の顔をして、笑って、はしゃいで生きていられるのだろう。不労所得があるから？　一緒に生きていく伴侶がいるから？　老後の面倒を見てくれる、または仕送りをしてくれるであろう子供がいるから？　固定資産とか、遺産が入る予定でもあるの？　定年後も継続できる手に職があるから？　私には何一つない。そういう生き方をしてきたんでしょ？　何も考えてなかったのは自分自身でしょ？　いや考えてたけど、結局何一つ実らなかっただけ。私は何もしなかったわけではない。でも何も残らなかったのだとしたら、それは何もしていないのと変わらないよね？　それにそういうものがあれば不安なく生きていけると思ってる時点で脳みそ結構足りてなくない？　自問自答が駆け巡り、雑念を追い払うように海鮮シュウマイを頬張った。ホタテの味の次にエビの味が広がって、さっきのエビの食感が蘇ってさらに憂鬱になった。今日の夜、何時までかは分からないけれど、懲役刑が確定した気分だった。

十八時半に１０９の最先端で、という雑だけどわかりやすい待ち合わせ場所に赴くと平木さんはもう着いていて、私を見つけると大きく手を振った。お昼休憩を一時間超過してしまった身として一時間残業をしようと思っていたのに三十分しか残業できなかったことが心残りだったけれど、お先に失礼しますと告げた部署の人たちも特に気にしていなそうで、「誰も自分のことなど気にしていない」と中学生の頃に思い知ったはずの教訓を改めて嚙み締める。じゃあ、私がこれから毎日一時間半のお昼休憩を取り続けても誰も気づかず、会社は一日につき三十分分基本給を多く払い続けるということだろうか。残業代は五分から発生するのに？　出社と退社しか打刻のない会社のため、お昼休憩に対する疑問は膨らみ続ける。でもそもそも編集部の人たちなんて出社したりしなかったりで適当だし、来ても二時間とかで帰る人もいるのに、私が三十分の不就労時間にどぎまぎするのはおかしくないだろうか。労務と編集は、まるで別の会社に勤めているかのようだ。

平木さんはお昼と同じパラシュートパンツの上に日常生活ではまず目にすることのない輝かんばかりの蛍光黄緑のTシャツを着ていて、私は目を細めながらお疲れ様ですと声をかける。

「遅いじゃないですかもう置いて行こうかと思っちゃいましたよー」

「いやいや待ち合わせ時間の二分前到着ですよ。ていうかすごい色のTシャツですね」

「浜野さんのために蛍光ピンクのTシャツ持ってきたんで着いたら着替えてください」

いや私蛍光ピンクの服は着れませんこれは本当の話ですと両手を振りながら、平木さんについていく。渋谷はものすごい人通りだ。若い子たちも中年も、観光客たちもはしゃいでいる。皆、これから買い物やご飯や飲み会に行くのだろう、はちきれんばかりの楽しさを滲《にじ》ませている。たまに不機嫌な人、大声を上げている人、走っている人、録画か配信か知らんけど自撮り棒で自撮りしながら歩いている人、インタビューをしている人、ウロウロと歩き回る警察官、たむろしている人なんかもいて、何だかまじで渋谷にいる人たちは計り知れない。皆が自分とは別世界に住んでるんだろうなあと浅はかなことを思うけど、労務で前の席に座っている並木《なみき》さんとかも、見た目的には渋谷とかが苦手な自分と同類な気がしてるけど、彼女は普通に旦那さんも子供もいて、きっと堅実だから学資保険とかにも入っている、別方向の別世界の住人に違いない。つまり自分以外皆計り知れないってこと？　そう思うと本当に人が怖い。

平木で二枚取ってもらってます。入る前からすでに全身でワクワクしている平木さんは渋谷のホテル街のど真ん中にあるライブハウスの関係者受付でそう言った。ここだここだと入り口の前で立ち止まった時、ここはライブハウスですよね？　という私の質問に、そうですね！　と平木さんは目を輝かせて答えた。

「私ライブとかそういうのは……ていうかチキンシンクのライブなんですね」

「そうなんですよ今日は例のあの、チキンシンクのライブなんです！　浜野さん気合い入れてくださいね倒れないでくださいよ」

「私まあまあ体は強いので倒れないとは思うんですけど、ちょっと心がついていけるか心配です」

「そんなの心配には及ばないですよ。心は演者がついてこさせるもんですから！」

　何だかいつもランチを誘いにくる平木さんとはまたちょっと雰囲気が違くて、ライブとか音楽というものは人を狂わせるものなのだなと私はなぜか冷静に考える。ドリンク代六百円持ってます？　ＩＣでも払えるんで、スマホだけ持って他は全てロッカーに入れておくことをお勧めしますよ。平木さんの指南が怖い。私はどんな時も自分のバッグを持っていたい。手ぶらなんて手もちぶさたな状態で生きていたくない。でも、バッグなんて持ってたら巻き込まれて危ないですよ、ライブは人々がすごい勢いで動く満員電車と思ってくださいと平木さんが強く言うから、仕方なくロッカーにバッグを詰める。平木さんはこのライブのためかボディバッグ一個で、それも手のひらサイズの手帳くらいしか入らないような感じのバッグだった。できることなら事前にこの日はチキンシンクのライブに行きましょうと言っておいて欲しかった。でも、言われていたら来なかっただろうから、これは平木さんの作戦だったのかもしれない。

「ドリンクは先に交換しておくに限りますよ。終わってからの交換は死ぬほど混むんで」

平木さんのアドバイスに従ってドリンクチケットをビールに交換すると、わいわいざわざわしているフロアに連れて行かれ、私たちはステージ真ん中に向かってフロアの中間よりも少し後方に立ち尽くす。

「今日は、どんな感じのライブになるんでしょうか。私、いわゆるゆったりめなシンガーソングライターのライブとか、クラシックオーケストラとかのコンサート以外に音楽イベント的なものに来たことがないんですけど」

「基本、ライブはバイブスです。共鳴したら体が勝手に動くんで、勝手に動かない時は基本地蔵で大丈夫です。バイブスが共鳴したら基本否が応でも動くんで」

平木さんの言葉を疑う訳ではないけれど、音楽にノったことのない私は不安で仕方なく、わいわいざわざわしているテンションの上がりきったライブ民たちに苦手意識しか抱けず、同じく人混みの中で小さくストレッチをしてワクワクを体現している平木さんにもちょっと引いて小さくなってしまう。地蔵で大丈夫と言うけれど、このテンションの中では地蔵でいるのもなかなか勇気のいることに違いない。

抑えめな音量で流れていたBGMが途切れ、仰々しい感じの音楽が流れ始めると同時に照明が落ち、フロアから歓声が上がる。メンバー四人が入ってくると叫びに近い声が上がり、私は体を縮こめるように肩を窄《すぼ》める。「まさか！」「まさかー！」あちこちからまさかが連呼され、訳が分からないままキョロキョロしているとジャジャーンというギターの音と共にスピーカーから流れていた登場曲らしき音楽が鳴り止み、演奏が始まった。

一体何が起こったのだろう。私は自分が何に巻き込まれたのか、いや、自分が何に飛び込んだのかよく分からないまま、コインロッカーの中からバッグを取り出していた。目が大きく見開いたまま閉じられない。私が参加したのはライブだったはずなのに、オリンピックやW杯、世界選手権みたいな、何かしら大きな大会に自分自身が出場したような気分だった。肩や首、足の付け根や足首、膝などの関節それぞれが軋《きし》んでいるような怠《だる》さもある。あれは何だったんだろう。でもこの凡人中の凡人である自分がそのような大きな大会に出場した気分になれるのは、もしかしたら今日が最後かもしれない。でももはや、大きな大会に出場した気分になれるのは今日が最後かもしれないという事実に耐えられる気がしない。でもだとしたら、私はチキンシンクのライブに通い続ける必要があるということだろうか。それはそれでちょっと耐えられないような気もする。

コーラルピンクのサテン地のボタンシャツにツヤツヤのタイツ、髑髏《どくろ》イラストが散らばった膝上までの前掛けという奇妙な衣装を着、不健康な感じのメイクをしたボーカルがマイクを取り上げ「渋谷ＭＡＸに集《つど》いしロックに酔いしれし日常からの逸脱を望みし愚かな民どもよお前らを音楽の力でねじ伏せ息の根を止めるため降臨した我らチキンシンクを崇《あが》めたまえ！」と中指を立てながらデスボイスで呼びかけた瞬間、私は自分がどこにいるのか分からなくなり、足元が不安定になり、というのも後ろから思い切り圧迫されていて、その波に流されているうち隣にいた平木さんを見失い、前方からは音楽の荒波、後ろからは暴れし民どもの荒波、横からも暴れし民どもの荒波に押され流され、時に濁流に飲まれ押しやられのしかかられぶつかられ、唐突に目の前が真っ暗になったと思ったらダイバーが自分の頭上を泳いでいて倒れそうになったり、じたばた泳ぐダイバーの靴で頭を蹴られたり、自分も周りの人も汗だくで酸欠でもう訳が分からないと思った瞬間分かれろ分かれろとボーカルが平泳ぎのようなジェスチャーをしながら叫び観客がステージ向かって左右に半分に分かれ、モーセのような道が出来上がったと思いきやサビに入ると共に壁が互いに向かって走り出し訳のわからない衝突が起こり、かと思ったら別の曲では真ん中に丸い空間を作って皆がその空間の周縁を走り出してまたサビの盛り上がりとともに皆が空間の真ん中に突っ込んで激突したり、チキンシンクが変形モッシュバンド、通称ヘモバと呼ばれていることは知っているな愚民どもよ！　とボーカルが煽《あお》り、「出でよ星形モッシュピット！」と訳の分からないことを言い始め、そんな馬鹿なと思った瞬間わらわらと民どもがああでもないこうでもないと模索しながら星形の空間を作り始め、リズム隊だけが演奏を続ける中ボーカルがその中心に降りてきてもはや歌わずここの角の角度が弱い！　そこもっと尖らせろ！　おい俺に近寄るなとマイクで呼びかけ、きっと上空から見たら綺麗に見えるのであろう星形を作り上げ、マネージャーらしき人がその様子をステージ上からスマホで撮影をすると、ボーカルはステージに戻り上半身を低く保ち両腕を下から上に持ち上げ人々を煽るかのように呪いのような舞を踊りやがてAメロを歌い、私たちは星形を作っているが故にぎゅうぎゅうに押し合いながらその時を待ち続け、とうとうサビに入った瞬間皆が星の中心に向かって走り出しまた激突する、と同時にステージからボーカルがダイブをして皆がそこに向かってまた押し合いへしあいしながら手を伸ばす。私はどこかしら狂気を感じるボーカルに近づく勇気が出なかったものの、なぜかボーカルは膝立ちの状態で皆に担がれたままこっちに向かってきて、やばいやばい怖い怖いと思いながらも逃げ場はなく、どうしよう奇妙な衣装を着て奇妙なメイクをした奇妙な歌を歌うボーカルがすぐそこにという瞬間周りに流されて自分も腕を伸ばすと歌いながら頭を振るボーカルの汗が腕に飛んだ。私は民で、息の根を止められた。そう思った。ボーカルは最初から最後までほら来いよとイキリ狂ったジャンキーのような煽りと歌唱とモッシュの指導しかせず、一言も普通の言葉は吐かなかった。MCではベースとギターが喋るだけで、たまに無口なドラムをイジる感じで話しかけて三人で話すことはあったものの、ボーカルは最後までその輪には入らず、彼は客にしか見えないCG、あるいはこのライブに紛れ込んでしまった、とてつもなく歌のうまいジャンキーなのではと自分の知覚を疑いもした。でもベースもギターも喋っている感じは普通で、笑いを取ったりもしていて、ドラッグ的な罪を犯す人をボーカルに据えて平気なタイプには見えない。でもあのボーカルは明らかに何かがおかしかった。基本的に常人の人生には交わらないタイプのおかしさだ。皆、日常を送る中では絶対に触れられないあの時空がねじ曲がったようなおかしさに触れるため、チキンシンクのライブに来ているのかもしれない。私は常々心が揺らがない、平穏な状態を求めているにも拘らず、チキンシンクで心が揺らぐどころか、心をシェイカーに入れられてぐわんぐわんシェイクされてしまったような心地だった。

「まじやば！　今日のチキンシンクバイブスすごかったっすね！　さすがの浜野さんもさすがに楽しかったでしょ！」

私の後を追いかけてきた平木さんに肩を抱かれ言われるけれど、この体験を楽しかったと称していいのか全くもってわからず私は顔を曇らせる。

「楽しかったというか、これは何なんでしょう。チキンシンクって何者なんですか？　私にはこの今日の体験がなんだったのか、全く理解できないんです。ちょっと分からなすぎて怖くて、何か手がかりが欲しいんですけど。ライブ後からずっとチキンシンクのウィキ見てるんですけど、情報が少なすぎて何が何だか意味が分からないんです。お願いだからチキンシンクが何者なのか、私たちが体験したものが何だったのか、ヒントをください！」

「あっ、あげますあげます。じゃとりま飲み行きましょう」

平木さんはそう言って私の腕を取る。呆然《ぼうぜん》としていた私は、昼間にとんでもない量の中華を食べ、ライブ前にビールを一気飲みして腹が膨れているのも忘れ、彼女に手を引かれるままタクシーに乗り込み、三宿の居酒屋に到着してしまう。別に渋谷の適当な居酒屋でよかったじゃんと思うような適当な感じの居酒屋の二階に通され、まあいいからとりあえず飲みましょうよとビールを注文され、ビールのジョッキをぶつけ合ってしまう。私は一体何をしているんだろうもうリスの餌くらいしか入らないと思うくらいお腹は空いていないのにと思いながらも、どれがいいですかこれとかおいしそうですよと乗せられて冷奴とかいぶりがっこクリームチーズとか、チャンジャとかをちゃっかり注文してしまう。

「チキンシンクは音源で聞くのとライブで観るのとで全然印象が異なるバンドで有名なんです」

「バンドというか、あのボーカルの気味悪さに私は一瞬でやられてしまって、本当にこんな奇妙な気分になったのは初めてです」

「ボーカルはかさましまさかさんです」

「え、かさましまさか？　それはもしや……」

「回文です」

えっ、と呟いたきり黙り込んでしまう。恐ろしかった。かさましまさか……そんな芸名を自分につける人がいると思っただけで、この世は信じられないもの、理解できないものに満ちている、こんな信じられないもの、理解できないものに満ちた世界を生きていくことなどできない、という不安に駆られる。そして不意に、客たちが「まさかー！」「まさか！」と叫んでいたのは、何かしらの合いの手や驚いていたわけではなく、ボーカルの名前だったのかと改めて腑に落ちる。

「それってつまり、嵩増《かさま》し……？　まさか！　ってことですか？」

「まあ、そういうことなんじゃないですか？　分かんないですけど」

嵩増し……？　まさか！　なんて芸名をつける人がこの世に存在することに、平木さんはさほど驚いてもショックを受けてもいないようで、私は戸惑う。どうして平木さんはこんなにも許容量が多いのだろう。そして今日一緒にもみくちゃになったあの客たちも皆、あのボーカルがかさましまさかさんだと知っていたということだ。訳のわからないものが存在していることに、ざわつきを感じる。昔ノンフィクションの本を読んだ時にもこの類の不安が生じたのを思い出す。犯罪者の家族を追ったルポで、犯罪者がどのような暮らしをし、どのような経緯、きっかけで罪を犯し、その罪を犯した時にはどのようなことを話していたか、どのような態度をとっていたかが克明に書かれていて、私はこんなふうに普通の家庭で普通の人たちの中で育った普通に見えた人や、少し変わった人程度に捉えられていた人に、とんでもない罪を犯してしまうポテンシャルが秘められている可能性があるということにショックを受け、だとしたら自分の身近な人や自分自身さえも、何かしら状況的に追い詰められれば犯罪者たちと同じような道を歩むことがあるのかもしれないのだと改めてその可能性を考え、とてつもない恐怖に駆られその本を三分の一くらいのところから読み続けることができなくなってしまったのだ。異物的なるものが自分の生活に入り込むことへの恐怖、自分が気づかない内に社会の中で相対的に異物になってしまうことへの恐怖、とにかく理性とか言葉で説明できないもの、自分にコントロールできないものが、私は怖いのだ。

そう考えると、どんな個体が当たるかも分からないのに少なくとも十八年くらい一緒に過ごすことが確定している子供を持つなんて、恐ろしいことこの上ない。子供一人にかかるお金は全て公立校で二千七百万、全て私立校で四千万超えと言われるこの時代に、平均して恐らく三千万くらいの課金を、どのような性格や情緒や身体や性癖の持ち主かも分からないような存在にベットできる人々もまた、狂気に突き動かされているようにしか思えない。しかも三千万の課金のみならず、自分の膨大な時間と労力を費やさなければならないわけで、職場によっては自分のキャリアや大きなプロジェクトなども諦めざるを得ない場合もあるわけで、そう考えると若者や自由がないと耐えられないタイプの人が育児放棄やネグレクトなどの罪を犯してしまうのもそれなりに仕方ないことのように思えてくるし、今の時代、人は三十代になっても四十代になってもそんなに老けないし、個体や気質を選べない子供ガチャと違って共通の趣味や境遇を持った人といくらでも繋がれるツールがあるし、娯楽に満ち溢《あふ》れていていい歳をしていてもいくらでも遊べる世の中だし、お金がなかったとしてもTwitterとか動画配信とかで無限に楽しめちゃうよという時代に子供を持つためには、子供一人につき一千万くらいで育てられますよというくらいの補助がなければ子供は減っていく一方だろう。いや一千万だって大金だ。どんな個性、資質、体質の持ち主かすら分からない人を独り立ちできるまで受け持ち、時間と労力をどれだけ搾取されるか分からないのだから、子供を産んだら一千万もらえますくらいがちょうど良いのではないだろうか。さらに五歳、十歳、十八歳の三回くらいここまでお疲れ様金として一千万ずつ給付、つまり成人まで育てたら一人につき四千万。それくらいしなければ子供なんか持とうと思えないのがまともな感覚ではないだろうか。現在国が行っている所得制限付きの児童手当だったり出産育児一時金などの少子化対策なんて、おはじきを弾いて間に小指を通すみたいな無為なお遊びにしか感じられない。

「人間って、計り知れないから嫌なんです。もちろん計り知れないからこそ魅力的なのかもしれないけど、計り知れなさは、私にとってやっぱり恐怖なんですよね」

「えっとそれって、まさかさんが恐怖ってことですか？」

「まあ、彼は恐怖ですよね。あれが恐怖じゃない人がいたら、それはそれで怖いですね。だってあんな奇妙、というか不思議、というか、分からないものの塊、私は間近で見ていたら発狂してしまいます」

チャンジャと冷奴に手を伸ばしつつビールを呷《あお》っていると、平木さんがポテトフライと唐揚げを注文して、平木さんは昼にあんなものを食べて胃にダメージを食らっていないのかと驚きを隠せない。しかもペース良くレモンサワーも注文している。

「あっ、こっちです！」

平木さんが後ろを振り返って大きく手を振り、まるで時間が止まるような思いがする。そんなことがあっていいのと思うけれど、階段からこっちに向かってくるさっきまでステージ上から私たちを煽り変形モッシュピットを作らせていた紛うことなきかさましまさかを目で認めた瞬間私は言葉を失って口を開けたまま固まってしまう。というか、かさましまさかの後には三人のバンドメンバーが続いてやってきて、その後ろからも何人かのスタッフと思《おぼ》しき人たちが上がってくる。

「おー直理ー。久しぶりやん！」

そう言いながら親しげに平木さんの隣に座ったのはＭＣでほとんど喋っていたベースの人で、他の人たちも私たちのテーブルにテーブルをくっつけ、椅子を移動させどんどん席についていき、二人で飲むものと思っていたテーブルは瞬く間に九人の大所帯になってしまった。かさましまさかが「こんばんは」と小さな声で言いながら自分の隣に座った瞬間悲鳴を上げそうになったし、実際小さく「ひ」と声を出してしまったけれど、かさましさんは特に気にする様子もなくメニューに手を伸ばした。メイクを取ったからか、奇妙な衣装を着替えたからか、邪悪さが薄まっている。でも男性の顔の下にSmithと書かれたスミスさんイラストがいくつもちりばめられた奇妙なシャツを着ていたし、大判のサルエルパンツなのかスカートなのかよく分からないとにかくたっぷりしたボトムスを身につけているザンバラ髪のかさましさんは、やっぱりどこからどう見ても珍妙な印象を与える。

「あ、お疲れさまです」

横目でチラチラ見ながら小声で言うと、かさましさんは目を合わせないまま「どうも」とさらに小声で答えた。どうしてこんなことになったんだろうと自分のビールが置いてあるあたりをおしぼりで拭いながら頭を全力でフル回転させて考える。

「えっと……打ち上げですか？」

かさましさんは「まあ」とやはり小声で呟くだけで、もう限界この席を立たなければあまりの異常事態に精神がやられてしまうでも左右にテーブルをくっつけられてしまったからもうこの場から離れるためにはかさましさんを含めメンバーやスタッフと思しき人たちの椅子の後ろと壁の間の狭ーい道をすみませんすみませんと椅子を引いてもらいながら逃げ出すしかない、と絶望しかけた瞬間、「まさかさんは私の友達なんです。今日のチケットもまさかさんが手配してくれたんですよー。あ、皆さん、彼女は兼松書房労務課の浜野さんです」と平木さんがニコニコ言う。

「あ、そうなんですか？　え、それならそうと、ライブ前に言ってくれればいいのに、えっと、その、何友達なんですか？」

「浜野さん、うちの編集部のバイトって、バンドマンの数珠繋《じゅず》ぎなの知ってます？　まさかさんは六、七世代くらい前のうちの編集部のバイトなんです」

「ええっ？　かさましさん、うちの会社でバイトしてたんですか⁉」

「もちろん、私が入社した時にはまさかさんはとっくにいなかったんですけどね。今うちにいるバイトの百田《ももた》くんが、かつてのバイトがボーカルやってるバンドのライブあるんで行きましょうって誘ってきたのがチキンシンクで、そこで友達になったんです」

あ、そうだったんですね……と言いながら腰を落ち着かせ、私は固まってしまった体を無理矢理動かして、かさましさんの方に向き直る。

「あの、私音楽のこととかよく分からないんですけど、すごいライブでした。何がすごかったのかも分からないんですけど、とにかくもうずっとすごい心拍数で、今もびっくりして頭が働かないんですけど、もう少し心が落ち着いたら、まともな感想が言えると思うんですけど、すみません今はとにかく圧倒的な体験だったとしか言えません」

かさましさんはチラッと私を見やると、亀が甲羅からニョッと頭を出して引っ込めるみたいな動きをしながら「そうですか」と呟いた。まあこの人にMCは任せられないなと、私はバンドメンバーの苦労を慮《おもんぱか》る。かさましさんがあまりに寡黙なせいで、私は落ち着かず、なぜ私がチキンシンクの打ち上げの席にいるのだろうという至極当然の疑問が肥大して止まらなくなる。タイミングを見て、なるはやでこの居場所のない飲み会からドロンしなければ……。

「いやー直理ちゃんも浜野？　さんも今日は来てくれてありがとね！　はい皆飲み物届いたね？　かんぱーい！」

右隣のかさましさんとは対照的な感じの、左隣に座る明るいスタッフがそうジョッキを持ち上げ、私も飲みかけのジョッキを目立たないよう五センチほど持ち上げる。イェーイと出された向かい側と左側からのジョッキにぶつけたあと、ぬっと控えめに出された右からのかさましさんのジョッキにもコンと小さくぶつける。お疲れさまです。消え入りそうな声に、「お疲れさまでした。本当に、すごいライブでした」と返すと、ふふっと小さな笑みが発されて思わず私もふふと誰にも気づかれない程度に小さく笑ってしまう。間近で見ていたら発狂すると思ったけれど、かさましさんの隣にいても私は発狂しなかった。むしろ、少しほのぼのしていた。

なんとなく打ち上げというのは今日のライブの反省点などを話し合ったりするのかと思いきや、チキンシンクの皆は今日はすごく綺麗な星形モッシュピットを作れた、という総括のみで他は目の前にある唐揚げやポテトサラダ、ししゃも、イカ焼きなんかへの感想と、最近見た映画やアニメ、恐らく昭和生まれがほとんどのため自然と生じてしまう昔懐かしエピソード、自分たちの好きなバンドの話、何やら自分にはよく分からない楽器や編曲に関する専門的な話、あらゆる話題が話題を呼び、数も形も少しずつ変容していくその様は、生き物が脱皮や変態をして形を変えながら生き延びていく強《したた》かさにも似たものを感じる。九人が丸々皆乗る話、三、三、三、くらいに分かれて進行する話題、二、二、五、と偏る話題、と少しずつフォーメーションを変えながら、会話が進行していく。私はどの輪の中でも言葉少なではあったけれど、もう居心地の悪さは感じなかった。言葉少なながさましさんもお酒が進んできたせいか、ぽつぽつと話に参加して、スタッフの一人が薦めたドラマに対して「それ見ましたよ」「CGじゃないあんなに精巧なゾンビは久しぶりに見ました」と嬉しそうに話した。

こんなに大人数の飲み会は久しぶりだ。コロナでそもそも飲み会があまりなかったし、コロナ前の飲み会は基本部署の飲み会で、正味九割くらいはお仕事モードだし、飲み会というよりは気配を消しつつ決して誰にも嫌な印象を残さないミッションと言った方が正確な会でしかなかったため、こんな風に皆でわいわい、なんの利害もなく人と飲んだり食べたりするのが久しぶりなのだという事実に思い至り、そもそも仕事以外の最後の飲み会はいつだったっけと思いを巡らせ、本当に一ミリも記憶が蘇らないくらい昔だと気づくと、もう過去を掘り返すのをやめて目の前の話題に集中した。

あっ。言いながら左の袖口を持ち上げる。取ろうとして菜箸から落ちたチャンジャが袖口に染みを作っていた。大きくはないものの、なかなかしっかりした赤みが残ってしまった。慌てておしぼりで拭こうとすると、かさましさんが待ってくださいと手のひらを私に見せる。

「ちょっと僕にやらせてください」

彼は言いながらおしぼりを手に持ち、私の袖口から染みをつまむように拭き取り、袖口のボタンを外すと染みの箇所をおしぼりの上に置くよう指示し、お冷やの水を少しずつ染み込ませ、トントンと爪の先で叩きつけていく。

「本当は中性洗剤とか、クレンジングオイルがあるといいんですけど」

「あ、でももうかなり落ちましたね」

「でもちょっと油分が残っちゃったかもですね。家に帰ったらクレンジングオイルを含ませて、いらない歯ブラシとかでトントンするといいですよ」

「かさましさん、お詳しいんですね。染み抜きのこと」

「結構特殊な衣装も自分で洗濯してるので」

へー自分で……とまで言って何も思い浮かばず二の句を継げなくなって、すごく個性的な衣装ですよねかさましさんがステージに上がった瞬間まず衣装にびっくりして閉口しましたと褒めているのかどうか微妙な本音を口にしてしまうけれど、かさましさんはほくほくした顔で「そうですか」と呟いた。

「あの。今更なんですけど、かさましさんでいいんでしょうか？　呼び方は」

「全然いいですよ。まあ、皆はまさかって呼びますけどね」

「あ、じゃあまさかさんと呼びますね。なんかかさましさんって呼ぶと、いつも嵩増ししてるケチなやつって感じがするので」

「あ、確かにですね。お気遣いありがとうございます」

お互いに控えめに笑いながらそんな会話を交わした頃には、私の中のまさかさんへの恐怖心はすっかり薄れていた。膝立ちのまま皆に担がれ流され汗を振り乱していたあのボーカルとはまるで別人のようだ。新しい料理が運ばれてくるたびに食べますか？　と聞いてくれて、少しだけ、と答えるとまあまあな量を取り皿に盛ってくれる。まさかさんはビールを飲んだあとは焼酎のお湯割りをちびちびと飲むばかりだったけれど、あ、僕もろきゅう、と唯一自分で注文したもろきゅうだけはずっと目の前に置いて食べ続けていて、何だかまさかさんはかっぱに似ているなと唐突に気づく。顎下まで伸ばしたボサボサなのかボサボサセットなのか不明な黒髪、ライブ中ものすごく印象的だった裂けたように大きな口、使徒のように細い手足、小さい鼻、緑色の服を着せたらかっぱと見紛う人が続出するのではないかと心配になる。もしもまさかさんが自分がかっぱに似ているということに気づいていなかった場合、無自覚に緑色の服を着て、道端で子供たちなどにかっぱと揶揄《やゆ》されたりするのではないかと想像して、そわそわしてしまう。

「あ、いけない。夢中になって食べてしまいました。もろきゅう食べますか？」

「あ、じゃあ一本だけ」

まさかさんは律儀に取り箸で新しい取り皿に一本のきゅうりとたっぷりのもろみ味噌を取り分けて差し出してくれ、ありがとうございますと言いながら受け取り十秒で食べてしまう。私の胃は、お昼のせいでいっぱいかと思いきやブラックホールになってしまったかのようだ。あるいは、この緊張が続く場で、満腹中枢が狂ってしまっているのかもしれない。

「もう一本いかがですか？」

「じゃあ、お言葉に甘えて。もろきゅう、久しぶりに食べました。おいしいですね」

思わずかっぱを想起して、私は曖昧に微笑《ほほえ》む。

「おいしいですよね。夏場は毎日のように食べてます」

きゅうりが大パックで大安売りされてるじゃないですか、毎日ですか、と呟くと、ほら夏ってよくきゅうりが大パックで大安売りされてるじゃないですかとまさかさんが嬉しそうに言うけれど、常に玉ねぎキャベツもやしにんじんの四種類しか買わない私にはよく分からない。

向かい側に座る平木さんはベースとスタッフと三人で焼肉の部位で一番好きな場所について話していて、他の四人は現代のエンターテインメントのあり方についてサブスクや資本主義などのワードを出しつつ真面目に語っている。私とまさかさんが、二人だけ世界から取り残されたような気分になって、なんとなく焦りを感じるけれど、チェイサーはいりませんか？　この間チェイサー有りで飲んだら、永遠に酔わなかったんですよ、いや皆信じてくれないんですけど、これは本当なんです、とぼそぼそ喋るまさかさんは一切居心地の悪さは感じていないそうで、なんだか心強い。陽キャの平木さんと隠キャの極みみたいなまさかさんは全く似ても似つかないけれど、人からどう見られるかといったことには二人とも無頓着で、そういうところが私から最もかけ離れた人たちだ。

「チキンシンクを始めて、何年くらいなんですか？」

「えっと、二十四年です」

「ええっ！……えっ⁉　どういうことですか？」

「十七の時に結成したんで、今年で二十四年です」

「えっ、じゃあまさかさんは四十一歳？　え二十四年⁉」

「色々あって、メンバーはもう何回も入れ替わってて、辞めていったメンバーは八人くらいいます。ベースの金本《かなもと》と僕だけが初期メンバーです。金本は元々ドラムだったんですけど、ベースがどうしても決まらないって時にいいドラマー見つけたから俺がベースやるって言って転向したんです」

「そんな転向できるものなのですか？」

「彼は音楽一家に生まれ育って、幼い頃からいろんな楽器を取っ替え引っ替え習ってたので、打楽器全般と弦楽器全般できるんですすよ」

「すごいですね、十七っていうと、高校生の時ですか？」

「高二の時に結成しました。その前は別のバンドのギターをやってたんですけど、金本に一緒にやろうぜって引き抜かれたんです。それ以来、誰かが辞めるって言い出した時は、その時のことを思い出して、自分の不義理が自分への不義理となって現れるんだって自分に言い聞かせてます。もちろん辞める理由は引き抜きだけじゃないし、それぞれ色んな事情があるんですけどね。十五年くらい前に辞めた女性のベースは、彼氏が海外駐在行くことになって、結婚して付いていくから辞めるって言ってました」

「じゃあ、まさかさんの人生はもう、一面バンドなんですね」

「人生が一面バンドっていいですね。あでもちなみに、ドラムの橋下《はしもと》は五反田で居酒屋をやってて、ギターの吉岡《よしおか》くんはバーやってるんですよ。ライブなくて東京いる日は店に出てます」

そうなんですか？　と言いながらドラムとギターをチラッと見やる。橋下さんはおっちゃん感のある見た目で確かに居酒屋をやってそうだ。メンバーの中で一番若そうな吉岡くんは金髪のいかにもなバンドマンという出で立ちで、でもワイシャツを着ていればバーテンをやっていると言われても不思議ではない雰囲気ではある。

「でもそんな、普通にお店に出てたらファンが詰めかけたりして困りませんか？」

まさかさんは一瞬黙り込んでから私をじっと見つめ、グーにした手をマイクにしたように口元に持って行きあははと大きな声で笑う。ふふ、とかふふっ、としか笑わなかったま

しまう。

私は目を見開いたまま固まってしまう。

さかさんが突然そんなふうに笑ったことに呆気にとられ、私は目を見開いたまま固まってしまう。

「そんなわけないじゃないですか。僕も三年前までコンビニでバイトしてましたよ」

「え、そうなんですか？　モッシュを支配して愚民たちを熱狂させてた人がコンビニで？」

「そんなもんですよ。派手なように見えて、まあまあ大きな箱がソールドしても物販が売れなかったら赤字になるような業界です。皆ちょっとくらい売れてもバイトはしてますよ。金本は実家が太いんで永遠に遊んで暮らしてますけどね」

そうなんですねと言いながらも、観客をあそこまで大盛り上がりさせていたバンドのボーカルがうちの会社やコンビニでバイトをしていたとは俄《にわか》には信じがたかった。

「実を言うと、五年前まで実家暮らしでした」

「へえ。ご家族とは仲がいいんですか？」

そう聞いてしまってから、ちょっとプライベートなことに踏み込みすぎてしまったかもしれないし、何だか値踏みされているという印象を与えるかもしれないという不安にも駆られ、「あ私は生まれた家庭がそれはもう破綻していて、とてもとても家にいられるような空気でも状況でもなかったので、年齢を重ねても実家にいられる人たちってやっぱり家族と仲がいいのかなって、なんかすみません邪推してしまって……」と早口で捲し立ててしまう。

「あ、うーん、そうですね。仲がいいのかとか悪いのかとか、あんまり考えたことがないので、そう聞かれると不思議な気持ちになりますね。まあ喧嘩したりはないです。でも実家にいた時も基本的に顔は合わせなかったし、ご飯とかも別々だったし、基本実家は自分にとって風呂場でありベッドでした」

「あでも、居心地が悪かったらもっと早く出てたはずですよね。やっぱりあっさりしてても家族っていうか、家庭っていう安心感はあったんじゃないですか？」

「あ、それはないんです。うち、昔父親が痴漢で捕まったことがあって、仕事もクビになって、母親がおかしくなって新興宗教にハマって、貯金全部課金しちゃったりとか色々あって、まあだから安心感は皆無でしたね。本当に最低な場所で。本当に劣悪な環境だし衛生的にも不安だけど最安値カプセルホテルだから泊まってるって感じでした。金がないことだけがあの家にいる理由だったし、家族の絆とか親子愛とかも皆無で、親とはもう十年くらい話してないけど、延々売れないバンドやってる僕なんか産まなきゃよかったって思ってるだろうし、僕は親なんて早く死ねばいいのにカッコ借金だけは残すなよカッコ閉じるって思ってるし、誘ったこともないけど当然僕のライブとか一回も来たことないし、家族三人完全に他の家族への興味ゼロだし、まじで憎しみと悪意と打算だけがある場所です。僕は本当に純粋な脛齧《すねかじ》りだったし、母親は隙あらば父親の金を吸い取って課金するし、父親は痴漢で捕まった時俺にはどこにも居場所がないんですって意味不明なこと言って泣いてたらしいし、まあでもそんな糞溜《くそだ》めみたいな場所にいたからこそ出来上がった糞溜めみたいな曲が何曲もあって、それが時代に受け入れられるようになってきたってことを鑑みると、まあなんというか、まあそういうことなんだよなあって思うんですけどね」

「じゃあ、一人暮らしはどうですか？　いい感じですか？　糞溜めから解放されて、糞溜めみたいな曲が作れなくなってしまったとかの苦悩はありませんか？」

「糞溜めみたいな曲は作れますね。まあ作詞作曲は金本と二人三脚でやってるんですけどね。実際はあの家じゃなくて、自分自身が糞溜めだったのかもしれませんね」

「なるほど。自家発電糞溜めは、なかなか強そうですね」

私たちは顔を見合わせてふふっと同じタイミングで笑った。不思議な感覚だった。いつもどこかが欠けているような、何か糸を掛け違ったような、メガネの度数が右か左かどちらかだけがずれているような、そういう常に付き纏っている違和感、なんか違う、といったざわつきが、いま完全に解消されていた。そのことをこうして言葉で認識した瞬間、落ち着かなくなって唐突に慌てモードに入ってしまう。

「何だか、今日は私みたいな場違いな人が来ちゃって、すみませんでした。平木さんに飲みに行こうって言われて、チキンシンクの皆さんがいらっしゃることも知らなくてのこのこついて来てしまって、でもまさかさんとこうしてお話しできて、本当に楽しかったです。なんていうか、こんなに楽しくお話ができるとは思っていませんでした。とにかくお会いできて嬉しかったです」

「え、もしかしてお帰りになる感じですか？」

「あ、親しい皆さんで楽しみたいでしょうし、私はそろそろお暇《いとま》しようかと」

「いやもしよければ僕はもっと浜野さんとお話ししたいんですけど、もしよければ二人でどこかに移動しませんか？　あ、それはちょっと距離感見失ってますよね。いやでもまだえっと、十一時ですよ？　まだまだ僕は浜野さんとお話ししたいんですけど、それをするとしたら今日このままというよりも、また今度どこかにお誘いした方がいい感じですか？」

あ、邪魔でなければいてもいいんですが……と言いながらも、まさかさんがなぜ私と話したいのか分からずどぎまぎする。あっ全然邪魔なんてことはなくて、もう全然いてくださいと言いながらまさかさんはメニューを手渡し次何飲みますかとスパイが作戦を練るように小声で聞いてくる。じゃあ緑茶ハイをと言うとまさかさんは声が小さいが故呼びかけを店員に気付いてもらえず、がんばって大きく手を振って店員を呼び注文をしてくれ、私は少なくとも緑茶ハイ一杯分ここに居残ることが決定する。

「あの……本当にいていいんでしょうか」

「いいんです本当に。もう本当に、ぜひいてください」

何度も小さく頷きながらまさかさんは言って、私はなぜこんな恐怖のボーカルに懐かれているのか意味が分からず、はあと言いながらたこの唐揚げをつつく。こちらが何となく奇妙な雰囲気になっていることに気付いているのか、平木さんがニコニコして私を見つめていて、困惑を目で表す私に対して、ニコニコしながら頷いてくる。何か食べたいものありませんか？　えっと、あ、ほら新鮮とうもろこしの唐揚げとかありますよ、とまさかさんに勧められて、私はぼんやりしたまま、あじゃあ、と答えてしまう。今日は一年分の揚げ物を食べているなと昼間の春巻きやパイコーを思い出して胃腸が心配になる。それでもここから抜け出すことは、あと数時間はできなそうだ。

あれは何だったのだろう。私は先週の出来事が消化できず、記憶の回想とパソコンの往復を繰り返していた。私はあのあととうもろこしの唐揚げを食べ、一軒目のまま朝四時半に皆が閉店と同時に解散するまで、まさかさんの隣でお酒を飲み続けていたのだ。あれは一体、何だったのだろう。ステージ上にいたまさかさん、隣に座っていたまさかさんの言葉や表情がいつまでも脳裏に蘇り続けて、土日の間もリフレインしていて、月曜になって出社しても消えないとは、今日は楽しかったです、と別れた瞬間には思いもしなかった。あれは、何だったんだろう。その問いは永遠に薄れては蘇り続け、その度にパソコンを見つめる目の焦点が合わなくなり、キーボードの上を走らせる指が止まってしまう。結果的に眼精疲労に効く目薬を差しまくり、ハンドクリームを塗りまくってしまう。

そうこうしている間にもスマホが気になって仕方ない。まさかさんとはあの飲み会以降、「おはようございます」「おやすみなさい」以外にも「何をしていますか？　僕は今日、マリンバを試し打ちしにきました」とか「びっくりです。今日、鶴ヤっていう僕御用達《ごようたし》の八百屋さんで、なんときゅうりが六本百五十円で売っていました。きゅうり農家さんが少し心配です」とか「浜野さんは柔軟剤は使う派ですか？　僕は未だかつて使ったことがないのですが、世界が変わると聞きました」などと割とどうでもいいことをLINEで入れてくるのだ。私はこういう、正直面倒臭い連絡、いや、それらに大した反応のできない自分自身が嫌で、こういう無目的な連絡がくると憂鬱になってしまう。そもそも私は、友達や恋人など定期的に連絡を取り合う人がいた学生時代なども、必要最低限の内容しかやりとりしていなかったのだ。

しかもあのライブの翌日「泰藤《たいとう》さん、一ヶ月が山と連絡有り」と母親から父の病状についてのLINEも入り気が滅入《めい》っていた。それどころじゃないんだ。訳のわからないこの、記憶に頭を乗っ取られる症状によって、私は一切仕事に集中できない病気に陥っているのだ。オーディエンスを煽るまさかさんの姿と、きゅうりをかじっていた姿と、帰り際席を立つ際にかけられた「また飲みましょう」という言葉、あらゆるものが繰り返し蘇り続けて本当にかつてないほど仕事に身が入らない。とにかく縦横無尽に集中力が切れるため、優先度の高い仕事から順に片付けてしまわないとと、先月からどっと残業の増えた校閲部の高階《たかしな》さんへ返信を書き始める。時間外労働が増えていますという注意喚起のメールに対し、こうこうこういう理由で増えているため全て一切減らせない残業ですという、さすが校閲部という簡潔明解な返信がきていて、しかしそれにしたって月六十時間以上の残業は指導対象になるので、これが続くようなら上司との面談を持ってもらわないといけなくなりますとこちらも無駄のない簡潔明解な返信を書き上げる。

校閲の高階さんの言い分は、編集部からの入稿が遅れに遅れて先々のスケジュールまで狂わされたという内容で、それは自分ではどうしようもなく、しかしスケジュールがずれたので校閲しませんと言うわけにもいかず、編集部は編集部で「作家が締め切りを守ってくれなかった」などの言い訳があるだろうし、作家の側からすれば「機械じゃないんだから必ず締め切りが守れるわけじゃない」という思いもあるだろう。結局、出版社とは基本的に一人の人が作ったものを売る会社で、それも工場や機械で作ったものではなく、せっせと絵を描いたり文字を書いたりしたものを複製して売るわけで、そうなれば一人の体調や精神状態、創作意欲の有無によって締め切りが破られ、社員が被害を受ける可能性を捨てきれない会社でもあるわけだ。それを杓子《しゃくし》定規に規則なのでと労務に注意されるのも可哀想な話だし、そもそも本人だって被害を受けているとも言えるのに謂れなき注意を受け、全く管理職は何も分かってない、と感じるのも分からなくはない。高階さんの険のある文章に一瞬落ち込んだ自分を慰めるように考える。私はどうして、こんなに弱いのだろう。四十も半ばになって尚、「私はこうである」という開き直りや諦めの境地に立てない自分が情けなかった。

「今日は対バンで金沢に向かっています。浜野さん、金沢の美味しいものとか知ってますか？」

お昼休みにまさかさんのLINEを読み、対バンの意味を調べた後、ほとんど反射的に「お疲れ様です。金沢は蟹が美味しいですよ。特にメスが絶品なんですが、メスは十一月から十二月末までの期間限定なのでこの時期の金沢はラッキーです！」と前のめりなLINEを書いてしまい、やり過ぎか？　そもそも常日頃から日本全国でライブ活動してるんだから金沢の蟹が美味しいことくらい知ってるよな？　こんなに蟹を激推ししたら陰で蟹女とか呼ばれるかもしれないし、と躊躇《ちゅうちょ》が生まれ「金沢でしたら蟹が美味しいのではないでしょうか」と控えめに蟹を薦めるLINEに修正して送信する。同じ部署の八戸《はちのへ》さんがアニメ漫画オタクで、部署の飲み会などがあると自分の好きなキャラに関する話が止まらなくなったり、平木さんが何の話をしていても超前のめりにお喋りでめちゃくちゃ楽しそうなことなどが、私には信じられない。でもどうして信じられないんだろう。私が私の好きなものについてお喋りになってもいいはずだし、前のめりになったっていいはずだ。どうして私はいつもこうして立ち止まって考えてしまうのだろう。

でもちょっと待て。私が喋りたがる好きなものってなんだ？　私は何について前のめりに喋りたいんだ？　蟹？　は好きだけど、でもそれ以外に何が？　北京ダック？　は美味しかったし確かにあのビュッフェはものすごいラインナップとクオリティだったから皆に薦めたい。でも他に？　食べ物以外に？　私に皆にお薦めしたくて仕方のない何かが、アイドルとかアニメとか漫画とか小説とか映画とかゲームとかアプリとかガジェットとかがあるの？　まあ気に入って見ているドキュメンタリーシリーズとか、この映画監督の作品はどれも素晴らしい、とかはあるけど、なんとなくそれは個人的な趣味とかでしかないような気がしてしまうし、自分がどんなものを好んでいる人間か相手にバレてしまうことへの懸念もあって、人に薦めるのはちょっととという抵抗が生じてしまうのだけれど、皆だってその程度の好きなものを人にお薦めしているんじゃないかという疑問もある。でもちょっと待て。もし私が今日初対面の人と会って「何がお好きですか？」的なお見合い的会話をすることになった場合、それはまあ先週ライブを見たからというのも大きいけれど、チキンシンクのことをそれなりの熱量を持って話してしまうのではないだろうか。ボーカルがちょっと恐ろしい感じのパフォーマンスをする人で、でも意外と他のメンバーたちのMCとか会話は結構ほっこりするんですよ、でもMCの最中メンバーがボーカルをいないものとして扱っている感じもちょっと怖くて、ライブに舞い降りた幽霊、いや堕天使みたいで、でもボーカルがモッシュを指揮するその様子は本当に神がかったものがあって……、とにかくYouTubeでいいので一度見てみてくださいい私のお薦めは二〇一八年神奈川FELIXのライブ動画です四曲目の途中でハート形モッシュピットができて、そこをボーカルがすごいスピードで突っ切ってハートに射られた矢を体現するので、少なくともそこまでは見てくださいね。と重めに念を押すのではないだろうか。

そう気づいた瞬間、私は図らずも推し的なるものを見つけてしまったんだということに気付きその重さに愕然とする。私はあのライブの日朝四時半まで飲んだ後、帰宅して泥のように眠って昼過ぎに起きると、ルーティンである朝一杯の水を飲む前にYouTubeでチキンシンクを検索し動画を漁り始めたのだ。まさかさんのあの存在感が、頭から離れなかった。朝帰りも昼起きも寝起きに水を飲まないこともYouTubeでライブ動画を漁ることも、私の休日のルーティンからあまりにもかけ離れた行為で、私は戸惑った。あまりに戸惑い過ぎて、普段土日のお昼はインスタント麺や冷凍うどんやそうめんなど、家にある麺的なものを食べるのがルーティンなのだけど、一昨日の土曜日はなぜか麺に食指が伸びず、生まれて初めてウーバーイーツを使って近所のオムライス屋さんのトロトロチーズのトマトソースオムライスを頼んでしまったのだ。私のルーティンが破壊され始めている……。何によってかは分からないけれど、とにかく私が縋《すが》るように、泥団子を固め続けるようにアルミの塊をトンカチで叩き続けるように単純作業の積み重ねによって作り上げた一寸の狂いなきルーティンが、今内部から壊れ始めている。その事実が怖かった。だから日曜日はそうめんを麺つゆとチューブ生姜《しようが》チューブわさびと冷凍あさつきで食べ、夜はいつも通り豚こまともやしキャベツをシャンタンで炒めたものを食べ、今日もいつも通りコンビニのひじきのサラダとおにぎり二種を食べている。でも頭の中は先週のライブと、きゅうりを齧るまさかさんのことでいっぱいだった。

「蟹！　なるほど。浜野さんは蟹お好きですか？　あと、浜野さんは金沢に行かれたことはありますか？」

まさかさんの返信に「蟹は大好きです。金沢は何度か行ったことがありますよ」と打って、蟹は大好きと言ったらやっぱり陰で蟹女と呼ばれるかもしれないという不安から「蟹は好きです」と修正するものの、蟹は好きですってちょっとニュアンスが微妙すぎるのではと思って「蟹、好きです」と修正してみるけれど、なんかこれ広告のコピーっぽくない？　と不安になって「蟹好きです」と修正すると何だか素っ気なく見えるし、かにすきです、ではなく、かにずきです、と自分を蟹好きと称しているような感じもするから「蟹、好きですよ」にするものの、これでは嫌々答えているような印象に感じられるし、もうどうしたらいいのか全く分からなくなって、金沢の方から答えようとアプローチを変えてみる。

「金沢は何度か行ったことがあります。蟹は定期的に食べるわけではありませんが、好きです」

なんか変だ。そもそも蟹は好きかと聞かれただけで定期的に食べるかどうかについては聞かれていないのに、私はなぜ定期的には食べないと前置きをしているのだろう。それに定期的に蟹を食べる人などそうそういないだろう。仕事上のメールには苦労しないのに、プライベートなやりとりをしていな過ぎて、人との距離感が摑めなくなってしまったのかもしれない。それもこれも、私が一人で引きこもり、ルーティンで生活をガチガチに固め、孤独かつつまらない生活を送っているせいだ。単純な疑問の帰結に、がっかりする。私に纏《まつ》わる全ての因果がつまらない。この間までこのつまらないルーティンには重大な意味があるのだと矜持があったはずなのに、唐突に自分のつまらなさに嫌気が差す。私の後生大事にしてきた矜持は、そんな脆弱《ぜいじゃく》なものであったのだろうか。混乱して、軽い恐怖に陥る。

「金沢は元旦那の実家があったので、何度か行ったことがあります。その時に食べた蟹は絶品でした。特にメスの香箱《こうばこ》蟹の味は忘れられません。でも最後に金沢に行った時以来、蟹は食べていません」

私はほとんど無思考にそこまで書くと流れるように送信ボタンを押した。久しぶりに使った「元旦那」は違和感があって、私は結婚をしていたのか、とまるで他人を思うような感想がこぼれる。実際そうなのだ。私はあの時の自分を、もう自分とは思えない。悲しみ苦しみ、怒りと虚しさ。当時渦巻いていた重たい物ものが蘇るかと思いきや、訪れたのは金沢で食べた柔らかな蟹肉の感触、甘味としょっぱさのハーモニー、内子のこってりとした旨味、たまに口中を邪魔するプラスチックのような足の腱の感触で、ああ蟹が食べたいという食欲に還元されていく。

「そうなんですね！　良かったら蟹買って帰りますよ！　一緒に食べませんか？」

蟹の話をされているのに、口の中に蘇っていた蟹がどぅるんと消え、え、え？　いやいやえ？　と疑問に頭が支配される。え、私のメッセージ、めちゃくちゃ蟹を買ってきて欲しがってる感じに見えた？　ていうか元旦那のところに何も触れないんだ、てか私は、じゃ買ってきてください！　って言う人だと思われてるの？　ていうかまさかさんはいつ東京に帰るの？　今日？　明日？　明後日？　蟹は日持ちしないのにこんなこと聞けるって、スケジュール感覚小学生過ぎないか？　はーまーのーさん！　かーにたーべよ！　と蟹を手に家を訪ねてくるまさかさんの様子が頭に浮かんで、困惑しながらもふふっと笑ってしまう。

「浜野さん、ご機嫌ですね」

隣の席の落花《らっか》さんが微笑んでそう覗き込み、私は思わず緩んでいた口元を締める。落花さんは、入社六年目で適応障害を発症し週刊誌編集部を休職、復職の際に管理部を希望して、二年前労務課に配属された。物静かで、コミュニケーション能力が低そうだなと最初は心配だったけれど、コミュニケーション能力の低さが気にならないほどきっちり仕事をこなす、縁の下の力持ち的な存在として労務を支えてくれている。

「あ、すみませんなんか、ちょっと変わった感覚の人とLINEをしていて……蟹を食べませんかとか言われてしまって」

「え、蟹ですか。いいじゃないですか。素敵じゃないですか蟹」

「落花さん、蟹、お好きですか？」

「ていうか、蟹嫌いな人なんていないるんですかね？」

「どうだろう、蟹味噌が好きじゃないって人は、たまに聞きますけどね」

「ああ、確かにそれはいそうですね」

落花さんはそれだけ言うと自分のデスクに向き直る。唐突なタイミングだったけれど、無理して人と関わらない、をモットーとしている彼は潔い。誰にランチに誘われても僕はお弁当があるので、と頑《かたく》なに断るし、今くらいの会話が基本で、長話や終わりの見えない世間話のようなものは絶対にしない。部長の話によると、落花さんは元々漫画編集部志望だったようだ。今や新入社員をできるだけ希望の部署か、そうでなくとも近いところに配属するのが当たり前になってきて、落花さんの世代は希望を無視された最後の世代と言えるだろう。考えてみれば、当時でも珍しかったはずだ。何か事情があって週刊誌が人手不足だったのかもしれないし、毎年漫画は志望者が多いためあぶれたのかもしれなかった。

漫画編集者になりたいと思って入った出版社で、毎週毎週保険や高血圧、高齢者の性愛などが大きく取り上げられる週刊誌を作り続けていた彼の心が疲労骨折のようにいつしか折れていったことを考えれば、コミュニケーションを遮断するというやり方であったとしても、彼が心を守れる人間であることを何より尊ぶべきだ。入社から二十三年、何人もの人が壊れて消えていくのをなす術《すべ》もなく見ていた。心を病んで入院した人もいれば、休職と復職を繰り返した挙句退職願を出して辞めた人もいれば、ある日突然会社に来なくなり、行方不明になってしまった人もいる。治療に専念しますと会社を辞めて数年後、自殺した人もいた。人は脆《もろ》く、儚《はかな》く、周りが、あるいは本人すらも気づいた時には手遅れであることもあるのだと、労務にきてからは特に、痛いほど思い知らされてきた。だからこそ、私は平木さんのような捻挫で出社をできないと言い張る人や、時間外労働をする高階さんのような人たちに、余計なお節介をしてしまうのだ。

気まぐれに声をかけてくれた落花さんの言葉に勇気づけられたような気がして、ため息をつきながらLINEを開くと「蟹いいですね！」と返信した。でも蟹食べようってどこで？　うち？　まさかさんの家？　まさかさんの本名も知らないのに、そんな人を家にあげたり、そんな人の家に行ったりなんてことが、自分にできるんだろうか。不安に思ってやっぱりメッセージを取り消そうと開いたら、もう既読がついていて慌ててLINEを閉じた。でも考えてみたら、私には何も怖がることなどないような気がした。バツイチ子無し四十代半ばの、可愛くも美人でも若々しくもなければ個性もない女が、何を怖がる必要があるんだろう。少なくとも、まさかさんは私と同じくらいの背丈で、おそらく体重は私より少ないだろう。もしもまさかさんに猟奇的な嗜好があって、何かの拍子に殺意を向けられたとしても、正直私は勝てるような気がする。それに殺意を向けられたのであれば、何だかもう殺されてしまっても良いような気もするのだ。だって私がこのまま惰生を貪ったところで、何が生じるのという感じだし、長生きしたとしても、私は結局延々ルーティンをこなすばかりで何も生み出さないのだ。そして会社は誰かが死んでも回るようにできている。私の唯一無二性など、どこにもない。それを感じる人がいるとしたら両親なのだろうが、片方は死にかけていて、片方は自分のやりたいことや衝動に従っていて、私の百倍唯一無二性のある人間だ。彼女には唯一無二の恋人もいる。そういえば、数年前から猫も飼っているらしい。

つまりそういうことなのだ。もし私が殺人鬼に殺されるとしたら、その殺人鬼に殺意を向けられるという唯一無二性がそこにはあるということだ。逆に私がこれから一人で命の灯火が消えるまで、貯金をしたり保険に入ったり人間ドックに行ったりとかしながら寿命が訪れるその時まで丁寧に生き抜くとして、どっちの方が尊い死なのかという疑問が拭えない。死ぬまで凡庸で、ただの一人からも大切にされず想いを馳せられることもなく、注視されることすらなく消えていくのと、激しい殺意を抱かれ猟奇的な殺され方をするのと、どちらが……。とここまで考えて思う。やっぱり普通に猟奇的に殺されるのは嫌だ。私は変な殺人鬼に殺されたくなどない。それなら誰の目にも留まらないまま、自分のお金で入った老人ホームで寿命を迎え、優しいけれど特別な感情は抱いてませんよくらいの距離感のヘルパーさんとかに看取られて逝きたい。でも、老人ホームでヘルパー看取られと比べた場合、まさかさんに殺されるのはギリ上回っている気がするのだ。これは不思議な感覚だ。つまり、「変な殺人鬼に殺される＜老人ホーム孤独死＜まさかさんに殺される」という構図が出来上がっていて、この大なり記号は超僅差《きんさ》ではあるものの、確実な差があるのだ。この間まで存在すら把握していなかったまさかさんなのに、一回ライブをみてご飯を食べただけで、まさかさんに殺される、が老人ホーム孤独死と変な殺人鬼に殺される、を僅差ながらも上回るとは、全く奇妙なこともあるものだ。でもよく考えてみれば、この三つがほぼ横並びであるという事実は、つまり自分には唯一無二性がなさすぎ、自分の人生には意味がなさすぎる、という事実の裏返しでもある。自分が嫌いじゃない人に殺されるのであれば、まあそれはそれでいいかと思えるということだ。まあだったら、まさかさんと蟹を食べることに、異論はない。私はまさかさんと蟹を食べるだろう。何より蟹は美味しいし、何を差し置いても食べたいものの一つだからだ。

加能蟹と香箱蟹とご対面をした私は、うわあと声を上げ、まだ蟹たちは生きているというのに美味しそう、という感想を持ってしまった自分が残酷な生き物に思えてならない。

「いやもう涎《よだれ》が出そう！」

残酷さを隠さない平木さんは大声で言って、撮ってください！　と迷いなく両手で一匹ずつ蟹を持ち上げ顔を近づける。私は慌ててカメラを起動させ何枚かカシャカシャするものの、「えなんですかこれ標準カメラですか？　浜野さん、写実派の時代は終わったんですよ。時代は印象派です」と突き返してくる。

「直理はもはや印象派というより象徴主義やない？」

「象徴主義ってなに？　私の知らない言葉使う人ダルいんだけど」

「風景とか人物とか存在するものを描くんやなくて、この世には存在せん内面の投影としての絵よ」

「はっ？　私存在するし！」

「でも加工ってつまり自分の思う私、に近づけるわけやん？　それって存在せんもんをしてる！　って言い張るようなもんやん」

「はー？　金《かな》もんまじ失礼。存在してるものを加工するだけだし！」

「キュビズムって言ってもいいかもしれんね」

「さすがにキュビズムは知ってるぞ馬鹿にすんな自分は熊みたいな見た目のくせに」

平木さんとチキンシンクのベース金本さんは、この間の飲み会の時も思ったけれど、え学生時代の友達？　とびっくりするくらい仲が良くて、歳の差を加味すると仲のいい兄妹みたいにも見える。

「平木さんと金本さんって、まさかさん繋がりで知り合ったんですか？」

「あ、えっと、バイトの百田くんがまさかさんと繋がりあって、それでチキンシンクのライブに行くようになったんですけど、金もんとは色々趣味が合うから特別仲が良くて。釣りとかサイクリングとか登山とか、アウトドア系は大体こいつと一緒！」

金もん、こいつ……。という生まれてこの方私は体験したことのない距離感に若干引きつつ、へえ……と呟きながら私は物をかき集め続ける。僕の家は駅からかなり歩くのでちょっとあれですし、浜野さんのお家《うち》にお邪魔するのもさすがにあれなので、平木さんのお家で集うのはいかがでしょう？　と提案したまさかさんは、いいですけど平木さんはいいのかなと戸惑う私に「月三回くらい開放して、開放の見返りとして友達に掃除してもらうと結構綺麗な状態を維持できる、って前に嬉しそうに話してました」とのことで、遠慮なく蟹会場にさせてもらうことにした。それにしても物が多くて、それもどこに置いたらいいのかよく分からない系の物が多くて片付けはなかなかに難航していた。適当でいいですよ適当で、と言われたものの、アヒル隊長グッズなんかは部屋に転がってたけどお風呂に持っていくべき？　それとも戸棚の引き出しとかに仕舞っちゃう？　それともどこかにいい感じに陳列した方がいいの？　でもいい感じに陳列できそうな空きスペースなんて全然ないんだけど？　そもそもこれはどういう意図で購入された物なの？　と一々悩み、逡《しゅん》巡《じゅん》し、あれこれ平木さんに意見を聞いてしまうのだけれど、何を聞いても「いいですよ適当で」としか返ってこないのだ。

「なんだかノイローゼになりそうです。私の家は全ての物の置き場が決まっているので、この無秩序さだけでなんだか酔ったような感じになって、クラクラしてしまうんですけど、まさかさんは平気ですか？」

　アヒル隊長で遊んでいるまさかさんに聞くと「僕は割と平気です」とほっこりした笑顔で答えられ、この場にいる私以外の三人はおそらく皆無秩序への免疫がある人だということが判明した。己の律儀さを封印し、無秩序に身を委ねなければならない時がきた、そう覚悟を決めると、私はがさっと書類を大きさ別にまとめ、その他諸々の物を私基準でざっくりと用途別にまとめ、それぞれクローゼット、ラック、台所の棚、に詰め込んでいく。私とまさかさんが片付けをしている間に平木さんと金本さんが蟹の準備をしてくれることになったのだけれど、なぜかカセットコンロはバルコニーに設置されている。十一月に入ってまあまあ寒くなってきたというのに、外で蟹を食べようというのだろうか。何と贅沢《ぜいたく》な奴らだ、と思いつつバルコニーで蟹、という未知の体験に期待値がどんどん上がっていく。

「あとは掃除機をかければばって感じですね」

　あまり役に立たなかったまさかさんだったけれど、くしゃっとした笑顔で言われるとなんだか嬉しくて「ですね」と笑顔になってしまう。今日のまさかさんは、黄色のサテンシャツに、やっぱりとんでもなく股上の深い、ぱっと見スカートに見えるグレーに細かい緑の水玉模様のボトムスを穿いていて、姫カットを彷彿《ほうふつ》とさせるがボサボサのため姫感は薄れている、前髪を一段階として三段階くらいの直線で構成された顎下のボブカットで、やっぱり普通に外を歩いていたら注目の的になりそうな出で立ちをしている。とにかく目立たないことだけを目的にコーディネートしました。と、もしスタイリストがいたとしたら確実にそれしか言うことがないだろうと予想できる私の白の七分袖カットソーと黒のストレートパンツという恰好《かっこう》とは正反対だ。ちなみに七分袖カットソーは色違いで三枚、ストレートパンツも色違いで三枚持っていて、真夏と真冬以外は大体この三枚ずつを一日ずつずらして着ることによって「浜野さんって何だかいつも同じような服を着ているけど、色は違うから同じ服ではないのかなあ」と皆に突っ込ませないギリギリのルーティンを攻めている。パンツは基本同じで、真夏は半袖のカットソーを三枚、真冬はニットを三枚同じように色違いで着回し、肌寒い時用にジャケットが一枚。またコートも二枚グレーとブラックを、「浜野さんいつも同じコート……」と突っ込まれないために持っている。ちなみに靴もブラウンとブラックのフラットシューズを愛用、お葬式にもパーティにも履いていけるマットブラックの三センチヒールを一足だけ、というラインナップで一年を回している。

まさかさんのクローゼットは、一体どれだけカオスなのだろう。私は一向に物が増えない自分のクローゼットに満足しているけれど、想像すると何だか少しワクワクしてもくる。それにしても、自分がずっと記憶の中で反芻《はんすう》してきた人物が目の前で、ソファの掃除をするため掃除機のアタッチメントを付け替えているという事実に緊張している節もあって、なんの前置きや心の準備もなく居酒屋で一緒になった最初の出会いに比べると、YouTubeを眺めてきた分の興味や興奮、戦慄《おのの》きが蓄積されてきたこともあって、一緒にいながら過ぎていくこの時間が重たいと感じる。時間とか、空気とか、交わす言葉とかが、一々重たい。だから私はずっと、平木さんのお家に先に着いて、まずシンクの中に溜まっていた食器を洗っている最中にまさかさんと金本さんが発泡スチロールの大きな箱を手にここを訪れ、「こんにちは」と食器を洗い上げ場に置きながら目を合わせた瞬間から、ずっと少し酸欠のような状態で、ふわふわして見ているもの全てに現実味がないことに戸惑っていた。

「浜野さーん、早くおいでよー！」

バルコニーから平木さんが缶ビールを持ち上げ、「掃除機だけかけちゃうんでちょっと待ってください！」と声を上げる。

「浜野さん、完璧主義ですよね」

「そうですか？　いや、全然そんなことないですよ。ルーティンにはこだわりがありますけど、ルーティンはできることをやってるだけなんで。私よりきっちり仕事も生活もこなせる人はたくさんいます」

「そうやって、自分よりできる人を見上げて、自分はまだまだだって思ってる人こそ、完璧主義なんですよ」

まさかさんは掃除機を手に振り返って言う。まさかさんは、笑うとマリオネットラインが浮き上がる。マリオネットラインが浮き上がると老けたような印象になるのが特徴的で、年下なのにどこかおじいちゃん的な安心感がある。母方も父方も、祖父には全くいい思い出がないのにそんなことを考える。

「あ、床の掃除機がけ、私がやりますよ」

「いえ、掃除機がけは見るからにちょっと大変そうなので、浜野さんは食器の用意などをお願いします」

そうですか？　と悩んでいると、はい、と嬉しそうに微笑んでまさかさんは掃除機をかけ始める。台所で棚を漁ってお皿やお箸を持っていくと、バルコニーでは何とすでにカセットコンロの上でパスタ鍋がグツグツいっていて、彼らが単にここで遊んでいたわけではなかったことを知る。

「お二人ともお疲れ様です。ところでこの蟹、洗いましたか？　蟹には腸炎ビブリオ菌がつきやすいので絶対に真水で洗う必要がありますよ」

「洗ったで。俺わざわざ蟹洗うためにたわし買ってきたんやで」

「素晴らしいですね。そういえば聞き忘れてましたが、平木さんこの家に氷はありますか？　蟹を茹で上げたあと、氷でしめると美味しいらしいんですけど」

「あ、多分ロックアイスがあったはずです」

「では茹で上がる直前に氷水を作りましょう。注意点としては、蟹味噌が溢《こぼ》れてしまうので、甲羅が下を向くように入れること、重さを確認してきちんと茹で時間を守ることです。蟹の重さは量りましたか？　また、水に対して三から四パーセント程度の塩が良いらしいです」

「さっきスプーン二杯くらいの塩を入れました！」

「ちょっと待ってください。どう見ても水が四リットルくらいは入ってそうなんですが、スプーン二杯というのは大さじ二杯程度ということですか？　だとしたら三十グラム程度しか入っていないということなので、全く足りませんね。あと百グラムほど足しましょう」

「えっそんなに？」

「海水の濃度と同じくらいにしないと、旨味が流れてしまうらしいんです。まあかといってしょっぱい蟹は嫌なので悩むところですが、ここはやはり数々の蟹サイトや蟹動画を見て研究してきた私を信じてください」

　私は塩を大さじ七杯分足し、どうやっても鍋には入り切らなそうな加能蟹の足を切断する。全てシミュレーション通りだ。私はこの平木さんの家での蟹会が正式決定してから、おそらく合計五時間程度は蟹の茹で方、食べ方について研究してきたのだ。

「まさかさん、二十分後に蟹が茹で上がります。間に合いますか？」

「はい。多分あと五分ほどで」

　掃除機片手のまさかさんに声をかけ、私はカニ酢とポン酢、一応買ってきたわさびもバルコニーに運ぶ。鍋の様子を覗き込んで確認していると、掃除機をかけ終えたまさかさんに飲みませんかと声を掛けられ、受け取ったビールで乾杯をする。金本さんと平木さんはウッドデッキに寝そべってあれがいいこれがいいと、流す音楽について侃侃諤諤《かんかんがくがく》やっている。こいつら水を沸かす以外のことは何もしてねえなと思うけれど、正直蟹を茹でるだけなら放っておいてもらった方が気が楽だ。私の後ろでウロウロと何かすることありませんか？　必要なものはもう全て揃《そろ》っていますか？　と心配しているまさかさんの方が邪魔だった。結局流れ出したのは、聴いたことのないノリノリな電子音系の洋楽だった。

「ではいただきましょう！　皆さん、蟹ですよ！」

　茹で蟹を氷水につけてきっちり五分経つと、私は金本さんと平木さんにそう呼びかけ、テーブルに座った。でかい加能蟹が三杯、香箱蟹が二杯、で、刺し身でも食べれるらしいですと聞いていた上、どうやら大き過ぎて全部を鍋には投入できそうになかったため、加能蟹の一杯半分の足は刺し身で食べることにした。腸炎ビブリオ菌は大丈夫なんだろうかと心配だったけれど、とにかく今日までだったら刺し身でも大丈夫と言われたとのことだったため思い切って生食を決めた。蟹バサミでほとんど格闘するように捌《さば》いていくと、ぷりぷりとしたその感触に期待値がぐんと跳ね上がっていくのを止められない。そのふっくらジューシーな見た目と違《たが》わぬ食感が口の中に訪れると、思わず歓声を上げてしまう。続いて三人の歓声も上がる。ふるんふるん！　これふるんふるんですよ！　思わず声を上げて蟹を指さしてしまう。

「本当だめちゃくちゃふるんふるんですね。なんだかもう、この世に存在する食べ物の中で一番ふるんふるんかもしれないですね」

　まさかさんが同調する。金本さんと平木さんは「やばっ」「んまっ」と定期的に零《こぼ》しながら蟹にがっついている。

「ではそろそろ香箱蟹の甲羅部分に手をかけますよ」

「あっ外子と内子が詰まってるやつですね？　食べたい食べたい」

前のめりな平木さんに、じゃあまずふんどし部分を剥《は》がします、そうしたらこの甲羅部分を取ります、それでこのえらの部分、灰色のやつです、そこは食べられないので、外して捨てます。確かにちょっと美味しそうですけど、ここは食べてはいけません。いや食べたことはないですけど、食べてはいけないと全てのサイトに書いてありました。いやいやなんか怖いから食べないでください。

えーふよふよしてて美味しそうじゃないですか本当に絶対食べちゃダメなんですか？と食い下がる平木さんを説得していると、まさかさんが手をウェットティッシュで拭いてスマホを手に取り「エラの部分は一番腐りやすい場所らしいです。つまりエラ呼吸のフィルター的な役割を果たしている場所なので、雑菌とかが多いということらしいです。なんでしょう、人間で言うと鼻毛みたいな部分でしょうか。あ、なるほど、魚などは腐敗を遅らせるため、釣った時にエラと内臓を取り除くそうです。でも蟹は甲羅を外さないとエラが取れないから、エラが付いたままで出荷される。冷蔵冷凍技術が進んでいるし、蟹は基本ボイルをするから今では特に食中毒になる心配はないものの、食べても美味しくはない、と書いてあります」と分かりやすく教えてくれる。

「へー。じゃ本当に美味しくないのか一回試してみますね」

あっ！　と私が声を上げる前に、平木さんは剝ぎ取ったエラをポン酢につけて口に放り込んでいた。

「うーん、まあめっちゃ美味しいというわけではないですけど、まずいと言うほどのまずさでもないって感じですね。私は意外といけますよ。私、アクとかもそんな気にならなくて。まあアクだけで食べたら微妙かもしれないけど、煮込んでる内にアクも消えちゃうんで、それなら全然取らなくていい派なんですよね。エラも人によって意見が分かれそうなところではありますけどね。まあ飢える三秒前なら食べてみって感じですかね」

「ネット見てると大体のことは分かるけど、ここはうまい、ここはまずいなんて好みでしかないしな。常識、普通、定説、っちゅーのは自分が試してみるまでは人様の普通でしかないっちゅうことやな」

　金本さんの言葉が割とズンときて、なるほどと呟く。数ヶ月前、自社から発行された本のタイトルに入っていた「発達障害グレーゾーン」という言葉を見た時に、モヤモヤしたことがあったのだ。つまりそれは、白と黒という区分けに対して、どちらともいえないグレーがあるという提言でもあり、重大な言葉ではあるのだろうが、そもそもその白黒を定めてるのって誰なの？　というモヤモヤだ。治療などをする上では当然必要な基準ではあるのだろうけれど、人の資質を白と黒とグレーに定める規定があるという事実に、そんなの誰が決められるのさ？　という違和感が残ったのだ。普通は食べません、なぜなら、というリーズンまで出ているこことに対して更に疑いを持って実践する平木さんの気持ちは分からないけれど、でもそこまでした上で「私はこうする」と決めたいという欲望には清々《すがすが》しいものを感じたし、エラは食べないにしても、私も「これはこうです」と言われただけで「そうなんだ」と馬鹿正直に納得するのは止めた方がいいのかもしれないと思うに至り、なんだかスンとする。

私たちは蟹の殻と格闘し、いたっ、とか、やばっ、と声を上げながらどんどん平らげていく。蟹懐石みたいなものではなく、本当に蟹の刺し身とボイルだけでお腹がいっぱいになりそうな予感にわくわくする。さすがに刺し身とボイルだけでは飽きるのではと思ったけれど、足と身では味が違うし、ポン酢、カニ酢に加えわさび醬油でもめちゃくちゃ美味しいことが判明、そこに内子や外子、そして味噌が加わってくると全くもって飽きがこないし、味噌しゃぶをしよう！　と金本さんが騒いで甲羅をコンロに載せた網の上で炙《あぶ》り、ふつふつしてきたところに足を突っ込んでしゃぶしゃぶするという、快楽度ランキングでいったら万札風呂よりも上位に食い込むのではと思われる食べ方をして、身も心も満たされる。そもそも自分が億万長者になっても万札風呂はしないだろうと思うけれど、自分が蟹長者になったら絶対にこの食べ方はするだろうと確信できる。味噌がなくなってしまうと、日本酒熱燗《あつかん》にしましょう！　と平木さんが大声で提案して、小さなお鍋の中に日本酒を入れた徳利《とっくり》を入れて温めていく。

「すごいこと思いついた！　ここに日本酒入れてまぜまぜして飲みましょう！」

四つのおちょこに日本酒を入れた平木さんは世紀の大発見のように甲羅を指さして声を

上げ、酒飲みの健啖家《けんたんか》はどこの国でもどこの地域でも同じような思考にたどり着くんだろうなと、確か甲羅酒という飲み方があったよなと思いつつ平木さんを微笑ましく見つめる。

「うわめっちゃうまい。これはヤバい」

平木さんが言いながら甲羅を回してきて、私はえ甲羅で回し飲みするの？　と躊躇《ためら》いつつ受け取って、ゆらゆらとお酒を揺らしてから啜《すす》る。

「うわあ、美味しい。まさかさんも飲みますか？」

大人しく蟹を貪っていたまさかさんは慌てたように顔を上げて「あっはい」と甲羅を受け取り、ちょっと足しますねと手ぬぐいで徳利を持ち上げると日本酒をかるく注ぐ。うわあ美味しいですね……この世のものとは思えない美味しさだ。静かに感動するまさかさんは、ぐいっと飲んで甲羅を金本さんに回す。

「もう味噌ないやん！　なんなんお前ら！」

金本さんの声に、三人で声を上げて笑う。笑いながら青空のもと人とご飯を食べる、そんなことが私にとっては珍しく、懐かしく、いやでも私の人生にこんな瞬間がかつてあっただろうか、と思うほど楽しく、もう綺麗に食べ切った香箱蟹の甲羅で甲羅酒をやろうとする金本さんを、皆でああだこうだと慰めて、これはうまい！　とようやく甲羅酒を飲めた金本さんと甲羅を取り合いっこする平木さんを見てまさかさんと私は目を合わせてくすくすと笑ったりして、暗くなってきたため平木さんが灯した、一定間隔で置かれたキューブ形のライトでうっすらとゴールドに染まったバルコニーはまるで異世界のようで、これが現実である気がしないまま、揺蕩《たゆた》うように時間が過ぎていく。

私たちの前には蟹の殻が積み上がり、ビール缶がたくさん、四合瓶の日本酒が二本空き、まあ普通に欧米人なら白ワインで食べますよねと訳知り顔の平木さんが白ワインを持ってきて、皆おちょこのまま白ワインを飲み続ける。蟹は足が数本残っていて、十分おきくらいに誰かがつまみとしてほじくり出しては皆で啄《ついば》むようにちょこちょこと食べていく。

「浜野さん、寒いですよね？」

トイレから戻ってきたまさかさんが、言いながら自分のボンバージャケットを肩にかけてくれた。まさかさんは寒くないですか？　と聞くと全然です僕はこの貧相な見た目ですが意外に暑がりなんですと言われて、じゃあちょっとお借りしますと会釈をする。平木さんは少し前にうわさむーと言いながら自分一人だけブランケットを持ってきてクレープのように包《くる》まったのだ。

なんで一人だけブランケットに包まってんねん浜野さんの分も持ってこいし。一枚しかないんだからしょうがないじゃん、しかもこれちょっと醬油臭いし。洗濯しろし！　と言い合ってる二人を尻目に「もうちょっとしたら片付けましょうか」と言うと、まさかさんは「ですね」と頷いた。まさかさんは今日、唐揚げに入れると美味いんですよと料理好きな若手バンドメンバーから教えられた五香粉というものを手に入れたいとずっと思っていて、ようやく新大久保のスーパーで見つけて購入したところ、ジップ付きの袋に入っているにも拘らずバッグも帰ってから入れていた冷蔵庫の中も完全に五香粉の匂いになってしまって、今はさらに二枚ジップロックを重ねて冷蔵保存しているという話と、実は自分の先祖は隠れキリシタンだったらしいんですというあまりにも意外すぎ、また何と返したらいいのか悩む話題くらいしか出さず、他は基本的に他の人の話題に乗っかっているだけだった。もちろん私自身も、自分から「ねえねえ聞いてよ！」的に話題をかっさらったりはしないタイプだから、平木さんと金本さんがいてくれて良かったと心から思う。私は半休を取って三時にここにやって来て掃除を開始、平木さんは在宅だからいつでもいいですよということだったけれど、私がやって来てから一度も仕事をしている姿は見ていない。金本さんとまさかさんがやって来たのが三時半くらいで、食べ始めたのが四時半くらいだったけれど、気がつくと時間はもう八時半で、私たちはもう四時間も蟹を食べ続けているのかと感心してしまう。朝、普通におはようございますと出社した瞬間がもう一週間くらい前のことのように感じる。私はつまりそれだけ、普段人と話さないということなのだろう。

「あっ！　キャツから連絡だ！」

「あの花魁《おいらん》ホストか？　まじで直理大丈夫かよ」

花魁ホスト……？　と呟くと、「この間イベントで花魁の恰好したらすごい好評で、最近はイベントのたびに花魁の恰好してるんです。ものすごい美人なんですよー」と平木さんがスマホを私に差し出してきて、メイクや髪形は自由すぎて花魁を再現しているかどうかは判然としないものの、着物は着付けをしてもらっているのか意外に綺麗に着こなしていて、その麗しい姿に思わずため息が漏れてしまう。花魁ホスト鬼ヶ島鬼ャ奴、情報量が多すぎないかと呆れに近いものを抱きつつ、事情を知らなそうなまさかさんに平木さんの担当ホストですと説明すると、へえー、とまさかさんは何と言っていいのか分からなそうな表情で頭をコクコクさせた。

「ていうか平木さん、特別予算は尽きたんですよね？　最近は通ってないんですよね？」

「まあそうなんですけど、逆にＤＭをする回数が増えて、すごく心が近くなってしまったんです。どうしよう今日締め日なんだけど一気にランキング転落するかもしれないって。ヤバい行かないと」

慌ててブランケットを剝ぎ始めた平木さんに驚いて、今から行くんですか？　こんなにたらふく蟹を食べた後に？

「平木さん本当に大丈夫なんですか？　と意味不明な心配をしてしまう。

い世界なのではと思ってしまうのですが。私は個人的にはあんまり深く立ち入らない方が良い世界なのではと思ってしまうのですが。金本さんも心配ですよね？」

「よしじゃあ俺がお目付役としてついて行ってやんよ！　ホスクラ興味あったし！」

「お、じゃ金もんの初回料金は私が出してやんよ！」

二人は言いながら立ち上がってしまい、私は慌てる。えっと平木さん、ちょっと私片付けとかもしなきゃいけないのでもう少し待ってもらえませんかと声を掛けると、あ、浜野さんたちはここでゆっくり飲んで行ってください！　鍵置いとくんでポストにインでおなしゃす！　と鏡で一瞬顔を確認して振り返った平木さんは親指を立てる。担当に会いに行くからと言って特に念入りにお化粧とかしないところが、やっぱり平木さんだ。

「え、本当に？」

と言っている間にも二人は「じゃあね！」「じゃあな！」とガヤガヤと大きな声と音をたてて家を出て行ってしまった。二人きりになったバルコニーはしんとしていて、まるで台風が過ぎ去ったようだと思うけれど、つまり私はここまで五時間くらい台風の中にいたのだとも思い出す。とにかくまさかさんと二人きりの空間は静かで、静かすぎて、あまりにも気まずかった。

「行っちゃいましたね」

「ですね」

「お片付け、しましょうか？」

「あ、はい。じゃあ」

私たちはそさくさと立ち上がるとゴミ袋にわんさか蟹の殻を入れ、食器類をどんどこ台所に運んでいく。茹で汁はバルコニーの角っこに雨水用の排水溝があるからそこから流しちゃいましょうと平木さんは言っていたけれど、そんなことをしたらこのマンション中がとんでもない蟹臭に覆われるに違いないため、重たいけれど台所まで運ぼうと意を決する。

「浜野さん、いいですよ僕がやります。怖いです」

まさかさんが慌てて駆け寄ってきて、パスタ鍋を持ち上げかけていた私を止める。

「でもこれ、ものすごい重さですよ。まさかさんにやらせるわけには……」

「いいんですいいんです。僕は楽器もやらないから怪我は怖くないんです。一回だけステージの鉄筋によじ登って落ちて尾骶骨《びていこつ》骨折したことがあって、その時はさすがに治るまでライブ中止になりましたけどね」

鉄筋から落ちてもんどり打つまさかさんを想像して鳥肌を立てつつ、それにしても四リットルも水の入った鍋を運ばせるのは……と躊躇していると、まさかさんは鍋を持ち上げかけ、予想通り諦めたような表情を見せた。

「重さ的にはいけるんですが、これを溢さないように台所まで持っていくのは無理そうですね」

「ですよね。じゃあ少しずつ茹で汁を運びましょう。何か鍋でも探してきますね」

あじゃあ僕も……とまさかさんは一緒に窓から部屋に戻る。ステージ上のまさかさんは邪悪で、中指を立てまくったりデスボイスを出したり、とにかくモッシュピットを思い通りの形に作ることに深い情熱を燃やしているけれど、ステージを降りると普通にいい人だ。気遣いができて、腰が低く、全ての人に敬語だ。そのギャップが何由来なのか分からず、私はなんとなく不安になってしまう。

「まさかさんって、横柄なところが一切ないですよね」

「横柄ですか？　そうですねできるだけ横柄な人にはならないように気をつけてます」

言うことも普通で、思わず笑ってしまう。これがいいですかね、これは？　取っ手がくるくるしてるのでちょっと危ないですね、でもこれじゃ小さすぎますよね、ボウルはどうですか？　と相談して、私たちはプラスチックのボウルを持っていくものの、途中で「ざばあっていけないですよね、お玉が要りますよね？」とまさかさんがキッチンに戻って行った。えっちらおっちらお玉で茹で汁を移し、ボウルリレーを三回ほど繰り返してようやく大きな鍋を運べた時にはヘトヘトになっていた。

「僕ら、ぐりとぐらみたいですね」

まさかさんはそう満足げな表情を見せると、じゃあ自分が洗い物を始めるので、浜野さんは食器類を運んでもらえますか？　と続けた。

「あ、食器はもうほとんど運んだので、私が洗い物やりますよ」

「いやいや、洗い物は僕がやりますんで、浜野さんは食器とゴミをお願いします」

そうですか？　と言いながらバルコニーに戻ったけれど、やっぱり食器はあと少ししかないし、ゴミもほぼまとまっていた。まさかさんは私にものすごく気を遣っているのかもしれない、と思いながら最後の後片付けをしてテーブルを軽く拭くと、ライトを消して部屋に戻った。バルコニーが真っ黒に見えて、蟹パの終焉《しゅうえん》を認めざるを得ないことが寂しく、しばらくレースのカーテン越しに見つめてから、カーテンを閉じた。

「じゃあ私、洗い上がった食器を拭きますね」

ありがとうございます。まさかさんは朗らかに微笑む。

「不思議ですね。あんな風にステージ上で悪魔みたいに振る舞ってるまさかさんが、洗い物してるって」

「え、僕悪魔みたいですか？」

「悪魔みたいですよ。え、自分ではどんなイメージなんですか?」

「うーん、なんか妖精みたいな感じですかね」

「妖精、ですか。確かに妖精っぽいイメージではありますね。でも中指たててデスボイスでお客さん煽ってますよね?」

「あれは、ちょっと調子に乗ってる時ですよ」

「調子に乗ると中指立ててデスボイスで煽っちゃう妖精ですか」

呟くと、私たちは同じタイミングでふふっと笑った。

「何だか、すっかりチキンシンクのファンになってしまいました。あ、まだまだ知らないことも知らない楽曲もたくさんあって、もっと深掘りしていかないとなんですけどね。でも推しってこんな感じなのかな、みたいな。四十五にして推しができるなんて思ってもみなかったので、ちょっと戸惑ってるんですけどね。恋人も結婚相手も大切に思える家族も仲のいい友達も、仲のいい同僚すらいないのに、推しができたってことに。ミュージシャンとかアイドルとか俳優とか、漫画家作家、アニメーターとかゲームクリエイターとか、そういう人々にパフォーマンスとか創作物とかを提供し続けてる人って、多くの人にとっての救いなんでしょうね。チキンシンクを見た瞬間から、チキンシンクを知らなかった世界線が、もうすっかり思い出せなくなっちゃったんです。どうやって生きてこれたんだろうって思います。あ、多分ライブ直後にご本人たちと飲みに行ったり、こうして蟹パをしたりとかしてるから、余計なのかもしれませんけど」

「そんな風に言ってもらえて、嬉しいです」

「いやいや、お客さんたちも皆、そういう気分なんじゃないかなって思いますよ」

「違うんです。浜野さんにそう言ってもらえることが嬉しいんです」

まさかさんがじっと私を見ていて、お皿を拭いていた手を止める。

「この間から、なんとなくまさかさんに特別に優しくしてもらってる気がしてて、今日もわざわざ蟹まで買ってきてもらってしまって……それはすごく嬉しいんですが、意図が分からないというか、なんでそこまでしてもらっているのか分からなくて、嬉しさと戸惑いの狭間《はざま》でちょっと苦しいんですけど……」

「実は、僕は浜野さんのことを以前から知っていたんです」

え……と言いながらまさかさんの手元で出しっぱなしになっている水が気になって一瞬目をやると、「あっ、ですよね」と頷きながらまさかさんは水を止めた。ゴム手袋を外すとじゃあちょっと洗い物中ではあるんですが、ご説明をしたいので、申し訳ないですが平木さんのお酒を物色しましょうと冷蔵庫を開き、僕はビールに戻りますが、浜野さんはいかがなさいますか？　と奇妙な聞き方をされて「早く結論が聞きたい」と思いながらもあまりに大人げない気がして仕方なく「では私は氷結を」と答える。

私たちは洗い物を残してソファに座り、まさかさんに促され缶で乾杯をした。なんとなくあの汚部屋だった頃の印象が強すぎて、ソファにお菓子の欠片《かけら》とか固くなったご飯粒とかが落ちていないか不安で落ち着かないし、これから話される内容の予想がつかなすぎて、あまりにストレスフルで一挙手一投足に力が入ってしまう。

「えっと、すみません変な言い方をして。平木さんが言ってたように、僕は昔兼松書房でバイトをしていたんです。まあいわゆる、雑用係ですね。宅配便の発送とか、コピー取り、備品の補充とか資料集めとかです。割と始めてすぐバンド活動が忙しくなってしまって、前のバイトに応援頼んだり、もう一人のバイトもいたから三人でシフト回してたんですけど、まあ週に二回とかしか入れなかったりもして、印象はとても薄かったとは思うんですけど」

まさかさんの左側に座っている私は、まさかさんのいる方の右側の体が硬くなっていくのを感じていた。

「つまり、私が編集部にいた時、お会いしていたということですね？」

「そういうことです。黙っていてすみませんでした」

「どうして黙ってたんですか？　ちなみに平木さんは知ってたんですか？」

「一応平木さんには、チラッと会ったことあるかもとは話しましたけど、浜野さんが編集部にいたとか、細かいことは何も言っていません。黙ってたのは、とにかく怪しまれたくなかったの一言に尽きます。ただでさえ歌を歌ってモッシュピット作るのが仕事っていう訳のわからない人間なので、そんな訳の分からない人間に、私あなたのこと知ってますって言われたら怖いじゃないですか。とにかく怖がらせたり、怪しんだりして欲しくなかったんです。でもずっと黙っていようと思っていたわけでもなくて、いいタイミングで、それこそ今みたいなタイミングで言うつもりでした。黙っていてすみませんでした」

「なんだか拍子抜けです。ドラマだったらここで大決裂からの、仲直りに一話か二話かけるっていう感じの展開のさせ方してもおかしくないですよね。でもまさかさんの説明が的確だったおかげで、ああそうなんだ、の一言で終了です」

「もしかしてですけど、平木さんには編集にいたこと、話してないんですか？」

「話してません。あの頃同じ編集部にいた人たちくらいしか、知らないと思います。今更私の話題が上ることもないだろうし。でもじゃあ、まさかさんが兼松にいたのって、十年以上前、ってことですよね？」

「そうですね、十三年くらい前に入って、二年くらいでやめたって感じですね」

「そっか。じゃあちょうど、私が大変だった時期かも。私、まさかさんにひどい態度取ったりしてませんでしたか？」

「まあ、いや、ひどい態度は取られてません」

「何ですかその含みのある言い方」

そう言いながら、私はどこか自分が血の気が引いていっていることに気づいていた。当時のことはもうずっと忘れていたし、思い出すこともしなかった。記憶が曖昧なところもあるし、もっと言えば記憶だけでなく、私はそもそも当時朦朧《もうろう》としたまま生きていたのかもしれなかった。

「じゃあ、私が結婚していたことも知っていたんですよね」

「まあはい。直接聞いた訳ではありませんが、周りの人が話していたのを聞いて。でも、当時何があったかなんてどうでもいいんです。僕は今の浜野さんのことを見ていたいし、今の浜野さんのことを知りたいんです」

「でもですよ、なんでそんなに色々優しくしてくれてるのか分からなくて不思議ですって言ったら、実は以前お会いしたことがあるんですって、まさかさん言いましたよね？　つまり、その昔会っていた十数年前に、まさかさんが今私に優しくしてくれる理由があるということですよね？」

「いや、それはそもそも僕が浜野さんに会ってみたいと言って、再会を実現させてもらった経緯の説明をしなければならないと思ったからで、好意を示しているのは、それとはまた別に、僕が普通に今好意を持っているからです」

「え、まさかさんは私に好意を持ってるんですか?」

「え、そういう話でしたよね? どうしてそこまでしてくれるんですかって」

「いやまあそうなんですけど、えっ好意を持っているんですか？　好意ってどんなタイプの好意ですか？」

「それはまあ、好きだなあという感じの好意です」

「野暮ですが、それはモンハン好きだなあとか吉野家の牛丼好きだなあとか、例えばこのフォルムのボンバージャケット好きだなあとかいう好きですか？」

「僕は生まれてから今までで一番美味しかったものが、蜂蜜漬けのナッツをかけたハーゲンダッツのバニラアイスだったんですけど、そういう感じの好きです」

「ではつまり生まれてから一番美味しかったものと同じくらい好きということですか？」

「いや、違います。好きのニュアンスは、蜂蜜漬けナッツ載せハーゲンダッツ、に似ているということです。深度ではなくて、ニュアンスの説明です。深度に関して言えば、まだ交わした言葉も少ないので何を言っても胡散臭《うさんくさ》い印象しか与えないでしょうけど、この間父親が痴漢で母親がカルトとか言っちゃいましたしね、まあそれ以前に自分の職業がアレなんですけど、まあ訝しがられるのを覚悟で言いますが、まあまあ深く好きです」

「蜂蜜漬けナッツがけハーゲンダッツと同じ種類の好きで、その好きさはまあまあ深い。それはなかなか好きそうですね」

「浜野さんはどうですか？　先程推し的な感じで言ってくれてましたけど、僕のことはけっこう好きな感じですか？」

「もしかして、お付き合いしましょう的な流れになってきてます？」

「ちょっとおこがましいのでそれを言うのは躊躇っていたんですが、ここまで言ってしまった上でそれを言わないのも逆に気まずいので言うことにしますね。お付き合いしてもらえませんか？」

「……すごい破壊力ですねその言葉」

「お情けでもいいです。怖いもの見たさとか、ノリとかでもいいです。付き合ってもらえませんか？」

「実を言うと私、離婚して以来誰ともお付き合いはしてなくて。まあもっと言えば友達付き合いとかもなくて、家族付き合い親戚付き合いもないし、普通に会社の同僚とだけ挨拶とか、短い雑談をする感じの人付き合いしかなくて。最近平木さんとたまにランチに行くんですけど、正直言うとそれが一番濃厚な人付き合いっていうくらい人と関わりがないんです」

「それは、お付き合いとかはちょっと荷が重い的なニュアンスですか？」

「荷が重いと言いますか、ちょっと違和感、的な感じでしょうか。それに、私たちが付き合ったら、将来的にどうなっていくんでしょう。あ、いやこれは結婚を前提でなければ付き合いたくないですと言っている訳ではなくて、単純に私たちの行き着く場所って、どういう場所なんだろうという漠然とした疑問と言いますか……。つまり私は一度結婚をして離婚をして、完全にスッキリ一人になって、それはもう人生一旦バッドエンドで終わったような気分で、老後の資金を貯めたりマンション購入を考えたり、とにかく一人で年老い死んでいくことをずっと想定してきたわけです。なので突然お付き合いと言われると、ゲーム盤突然ひっくり返して途中から別のゲームやるみたいな感じで、ルールとか上がりの定義とか全部変わっちゃって、なんだか戸惑ってしまうのではないか、という感じです」

「でも浜野さんはまだ四十代ですよね？　離婚したのは、三十代とかですよね？　それで一旦人生終わったって、ちょっとあまりに生き急ぎすぎてませんか？　一回の婚姻終了で人生終了ですあとは余生ですなんて、ちょっと極端すぎませんか？」

確かに、三十代で離婚、再婚、出産、なんてよくある話だ。三十代で起業だってよく聞くし、転職もよく聞く。離婚してから十年、私は一応生きているけどほとんど死んでいる状態で生きてきた。つまり決まった生活を毎日続ける、仕事にも生活にも支障はないけれど心の動きは一切なく、いわば心は完全に死んでいるルーティンゾンビみたいなものとして生きてきたけれど、そうでない人生を選び取ることだってできたはずだ。なぜこのゾンビ人生を選んだのかと言えば答えは一つしかない。

「疲れていた、としか言いようがありませんね。とにかく疲れてた。それだけです。まあ元々、人との関係をめっちゃ構築したい！　みたいなタイプでもないですし」

「なるほど。確かに、僕も言われてみればメンバーとスタッフ以外で仲良くしている人はあまりいません。いろんなバンドと交流はあるけど、フラッと今日飲めるー？　みたいに誘える友達は基本いませんね」

「まさかさんは、結婚とかそういうのはしたことないんですか？」

「ないですないです。この間までバイトしてたんで」

「バイトだと、やっぱり気が引けるものなんですか？」

「まあ、それはそうですね」

あんなに神々しいパフォーマンスを見せていた人が、生業《なりわい》のためにバイトをしていることを気に病むなんて、意外だった。でも言われてみれば、それは当然のような気もする。この貧しくなった日本では、それなりのお金がないと惨めな思いばかりする。もちろんお金のないもの同士で結婚することだってできる。フリーター同士の結婚だっていいだろう。でも人生のどこかで、お金がないことをきっかけに、結婚を悔いるタイミングがくるのではないだろうか。もちろんこれは個人の性格にも、貧困の度合いにもよるだろうけど、子供の望む学校、塾、習い事に行かせてやれない、あるいはそもそもお金がなさすぎて子供を作れない夫婦だっているだろうし、日常レベルで食べたいものを食べられない、欲しいものが買えないなど、あらゆるものが制限される生活は辛いだろうし、その辛さに耐えている内結婚相手にその理由の一端を探し他罰的になったり、心のどこかでこの人と一緒になっていなければと考えてしまうのではないだろうか、と想像してしまう時点で、私はそもそも結婚には向いていないのだろう。

「昔編集部にいた時、仕事で関わった外資系ブランドの広報の人と話したことがあって、その人の旦那さんが、以前は出版社に勤めてたらしいんですけど、ある時から鬱になってしまったらしいんです。もう出版社では働きたくないって言い出したらしくて、その時に彼女、私が面倒見るから好きなことしたらって言ったらしくて。そうしたら旦那さんは会社を辞めて、療養したあと大学院に入って、文化学の研究をして、今は大学で教えてるんですって話してたんです」

「それは、すごいことですね。男性でも女性でも、そんな風に言える人はなかなかいないと思います」

「それだけでもすごい話なんですけど、彼女、翌年偶然会った時にはもうそのブランドを退社してて、なんと今度は彼女が五十にして大学に入り直して仏文を勉強してるって話してたんです。その話を聞いた時に、彼女と旦那さん双方の器の大きさと、何があっても一緒にいる、いてくれる、という信頼感、何歳でも新しいことに興味を持てて、興味を持ったら新しい世界に飛び込む力があるということ、あらゆることが眩《まぶ》しくて、泣けてきたんです。それに比べて自分は利己的で自分本意で、最低だなって幻滅もしましたけど、それだけじゃなくて、彼らは同じ世界を生きてるって思ったんです。私は元夫と同じ世界を生きたことはなかった。あっちにはあっちの、こっちにはこっちの世界がある、って割り切って、私たちは二人の世界を築いてこなかった。いや、築こうとしたけど、輪郭がカクカクした72dpiみたいな解像度の低い世界しか作れなかったってことかもしれない。でもそれって、二人に経済的余裕と精神的余裕、双方の自立の上にお互いの弱さ、焦り、迷いをも認め合える精神性、という要素が備わっていたからこそできたことなんだろうなと思ったんです。私と夫にはそれらが多分全然足りていなかった。だから私、それが備わっていないのなら恋愛とか、ましてや結婚なんてするべきではないのではないかという、ストッパーみたいなものがかかっていたような気もします。まさかさんが言う、バイトだと……っていうのも、ここまで至らないと結婚はちょっと、っていう自制心みたいなものが働いてたってことですよね？　私も多分、そういう包み込むような力がないような自分は、恋愛とか向いてないなーって思っちゃって。でもそうなると逆に、恋愛とか結婚をしないなら、まあ自分は別にそういうものが備わってなくてもいいか！　みたいな開き直りもできるってことになるんですよね。離婚してから好きな人ができたこともなかったし、付き合いたいと思う人もいませんでした。誰一人、です。自分の心に杭《くい》を打つ人は皆無でした。でも、平木さんは私に杭を打ったんです。それで、平木さんから紹介されたまさかさんも私に杭を打った。だからすごく戸惑っているし、何が起こってるのか、ちょっとよく分からないんです」

ものすごい長台詞《ながぜりふ》を喋っているなという自覚はあったけれどなかなか止めることができず、勢いこんで分からないという結論を出した瞬間には、何を喋っているのか、何を伝えたかったのか分からなくなっていた。すみませんよく分かりませんよね、私も整理ができてないんです。それどころか最近チキンシンクとまさかさんのことが気になり過ぎて毎日上の空で……とあまりに正直な告白をしてしまって焦る。そうなんですか⁉ と食いついてきたまさかさんを無視して氷結をぐいっと飲み込むと、私は大きく息を吐く。

「でも、私はまさかさんとお付き合いすることはできないような気がします」

「それは、僕の仕事が歌を歌うこととか、父痴漢母カルトといったあれこれがあっての気でしょうか」

「そういうことではなく、私はもう、一人で生きていくという方向にシフトしてしまったんです。ここから誰かと生きていくという方向にシフトし直すのは、多分ものすごく大変なことで、考えただけで疲れると言いますか、もう自分にできる気がしないんです」

「えっでも、もったいなくないですか？」

もったいない……と呟くと、疑問が噴出してくる。それは私がもったいないということ？　それともまさかさんがもったいないということ？　えっもったいないことしてるの私？

「だって浜野さんは離婚以来初めて平木さんと僕に何かしらの煌《きら》めきを感じたわけですよね？　僕といたらもっともっと煌めき感じるかもしれませんよね？　でもお付き合いはちょっと、って感じなんですか？」

「うーん、煌めきを感じるのはいいんですけど、男女ってそのうち、生臭い話になっちゃうじゃないですか。そうやって煌めきが潰《つい》えていくみたいなのは悲しいから、それなら最初からないほうがいいんじゃないかなって思っちゃうっていうか。男女間の駆け引きだの、利権争いだの、権力闘争だの、結婚するしない、子供持つ持たない、義実家がどうこう、家を買う買わない、生活費を半々にするか家計を一つにするか、家事の分担比率、そういうので価値観の乗り越えられない壁を感じて傷ついたり、話し合いをしては壁を痛感したり、自分だけが苦労してるような被害妄想とか、相手はもう自分を好きじゃないんじゃないかって疑心暗鬼とか、そういうのが本当に、想像しただけで無理なんです」

「じゃ、僕らは結婚をしない、子供も持たない、家も買わないし、お互いの親に紹介もしない、一緒に暮らさない、利害関係なし、ご飯代は交互に払う、この方針で付き合ってみませんか？　個人対個人。ただ二人の世界を築いてみませんか？　浜野さんはルーティンの生活を持っているので、そこには立ち入りません。僕も日本中飛び回る仕事で、実際あんまり東京に帰れなかったりもするので、週に一回か、二週間に一回、チラッと会ったり、こうしてご当地の美味しいものを一緒に食したりする。気が向いたらライブに来てくれたり。それだけの関係を築いてみませんか？」

それは、とても素敵な関係に思える。持ち家購入子供結婚義実家といった、二人から派生するものだけれど、生じさえしなければ二人とは関係のないものものに惑わされず、ただ二人だけの世界を二人だけで作り上げ、二人だけで生きていく。でもそんなことが可能なのだろうか。太陽に近づきたいという欲望に抗えず、少しずつ距離を詰めてしまい、最後には翼が溶け落ち、墜落するような気がしてならない。でも、もしかしてこの歳であれば、一線を置いた付き合いができるのだろうか。

「でも、この歳で別れるとか、離婚とか、そういう大々的な崩壊を体験したら、私は壊れてしまうんじゃないかと思うんです。抽象的な意味ではなく、物理的に」

「じゃあ、お付き合いしていませんという体《てい》の、お付き合いをするのはどうですか？　付き合わなければ、お別れとかもないわけですよね」

「あれ、お付き合いしようという話ではなかったんでしょうか」

「お付き合いしていませんという体の、お付き合いです。もし浜野さんがやっぱ嫌だなーと思ったら、LINE無視してください。一週間返事が来なかったら、お察しします。でも、僕は別れたとは思いません。付き合ってないから。それで付き合ってないから、いつか気が向いたら連絡くれるかもって思いながら、緩やかに連絡を待ってます」

「私が連絡しない間に他にいい感じの女性ができたらどうするんですか」

「いい感じの人なんてこれまでできたことがないので多分ないと思いますよ。じゃあ、もしいい感じになりそうだなって思ったら、いい感じにならないようにします」

「いやでも、連絡もしてこない望み薄の私よりもいい感じになりそうな人と付き合った方がいいんじゃないですか？」

「僕は昔から、オールオアナッシングなんです。ちなみにこの場合のオールとは、浜野さんのことです」

「どうして私がオールなんですか？　言いたくないけど大事なことなので言っておきますが、私は四十五です。どんなに頑張っても子供は無理だと思います。心身ともにそんなガッツはもうありません。付き合い始めた後でやっぱり子供が欲しいって捨てられたら、多分私は、物理的に粉々の肉片になってしまうんです」

「昔のことは、話されたくないかもしれないので、話しません。でも浜野さんは天使みたいだったんです」

「そんな、天使みたいだった十数年前の面影を今の私に探されても困ります。まあ十数年前だって別に天使みたいじゃなかったですけどね。私はずっと、ムスッとしてて可愛くない人でした。もう子供の頃から、子供らしさ、無邪気さ、可愛らしさといったものとは無縁の人間だったんです。というか、何で今なんですか？　どうして天使だった頃の私じゃなくて、こんな今、敢えて今なんですか？」

「実は、ちょっと重い話になってしまうんですけど、ちょっと前に、チキンシンクのファンの子が死んだんですよ。関東圏のライブには全部来てて、群馬茨城栃木、静岡、いや名古屋くらいまで来てたかな。もう十五年くらい通い続けてて、制服着てた高校生の頃から来てたから、多分もう三十とか過ぎてたんだろうけど、ライブ中ずっと挙動不審で、めちゃくちゃ動くしすごい声で叫ぶし、多動とかだったのかもしれないけど、出待ちしてたりもするし、危うい雰囲気がプンプンしてて、あまりにヤバい空気出してて周囲のお客さんとかドン引きして怖がってたりもして、禁止されてる柵からダイブとかもしてたし、一回出禁にするべきなんじゃないかって、吉岡くんが入ったばっかの頃真剣に相談してきたこともあったくらいで、まあ話し合った結果、バンドとかライブハウスが上から目線でルールを押し付けるのはまずいだろうって押し留めたんですけどね。金本のＭＣ中もめちゃくちゃ絡んでくるし、俺も本気でうぜえなって思ったこともあったけど、ダイブする時いつも俺めがけて飛んできてグータッチしようとしてて、そいついつも俺みたいな恰好してるんですよ、バンドグッズのＴシャツとかじゃなくて、こういうシャツとかパンツとか、俺の衣装の真似してて、でも去年の秋くらいかな、突然来なくなって。十年来のファンだから、さすがに何かあったんだろうなって、ライブキッズってメンタル弱い子が多くて、ガス抜きとか、深呼吸しに来てるような奴らも多いから、まあそれ言うとバンドマンもそうなんだけど。だからあいつも病気か、じゃなきゃ自殺かなって思ってたんですよ。したら今年一番大きな会場でワンマンやった時お母さんがライブの後出待ちしてて。うちの子はあなたたちのバンドで救われてた、って、ありがとうって言ってくれて。どこにも馴染《なじ》めなかったけど、あなたたちを見るライブハウスだけが生きがいだったって。仕事も何やっても続かないし粗暴でどうしようもない子だったけど、あなたたちのことを話してる時だけは可愛かった年少の頃と同じ顔してたって言われて。聞きながら僕も泣けてきてヒンヒン言ってたんだけど、死因は自殺じゃなくて、車に接触事故起こされて、自転車のまま側溝に落ちて頭をぶつけたことが直接的な原因だって言うんですよ。それ聞いた時、けっこう衝撃で。あんなに危ない匂いがぷんぷんしてて、生きにくそうで、今にも死んじゃいそうだって皆が思ってた奴が死んだ原因が、側溝に落ちたことだなんて、あいつが死んだと聞けば、知ってる奴は百発百中ヤク中アル中自殺って思うような奴が、側溝？　って。それ聞いた時、当たり前なんですけど、人はある時自分の予想を超えた理由で突然死んでしまうこともあるんだって思ったんです。周りも、自分も思いもしなかったような原因で、メンタルが弱いとか鬱だとかそういうのお構いなしに、外的要因で死んじゃうことがあるんだって。そう考えたら、自分がやり残したなって思うことをこの人生に残しておくのが、すごく怖くなったんです。僕はこう見えて、自分でなんだかんだと理由をつけて挑戦とか新しい一歩とかを踏み出さない保守的なタイプで、それこそナチュラルボーンチキンなんですけど、やらなかったら死にきれないだろうと思うことは、極力玉砕覚悟で全部やってみようって心に決めたんです。まあだから、どちらかと言えば挑戦とか冒険とかワクワクする的なことじゃなくて、怖いからやっておこう、って感じなんです。それで、そんな風に覚悟決めた頃ちょうど平木さんが、最近浜野さんっていう人が突然家来てさ、なんかめっちゃ仲良くなっちゃったんだよね！　って言い出したんですよ。これは天啓だと思って。絶対に逃せないと思って。だから平木さんにお願いだから浜野さんをライブと打ち上げに連れてきてくれって頼んだんです。チキンシンクがこの世に存在する限りのゲストパスと引き換えに」

なるほど、と言いながら私は平木さんの様子を思い出す。強固にという感じではなかったものの、何をしに行くかを頑なに言わなかったのは、ライブと言ったら私が絶対行かないと予想していたからかもしれない。でも彼女の少し強引な誘い方には品があった。私は平木さんとまさかさんに共通しているのは、このある種の品の良さだと気づく。ノリも口調も全然違うけど、これはＯＫ、ＮＧ、のラインがきっと近いのだ。

「さっきの広報の人の話とも繋がるんですけど、これまでは自分のやりたいこと、自分にできることをやってきたけど、ちょっと自分をはみ出してがんばってみるかって思えたんです。新しいことを。僕は非モテ童貞系バンドのハシリで、いわゆる本物の童貞ではないとは言え、恋愛は苦手です。正直、自分の人生に不要なものだとも思ってきました。でも四十を超えた今なら、いや今だからこそ、いやもう今しかないと思ったんです。それで、恋愛ならば浜野さんがお相手であって欲しい、いや浜野さんしかいないと思ったんです」

「分かりました。そこまで言っていただけるのであれば、お付き合いしていないという体のお付き合い、結婚とか子供とか義実家、家の購入、その辺のことを考えない関係を築いてみましょう。一回、とりあえずやってみましょう。お互いに、何か違うなと思ったら話し合うなり、別れるなりしましょう」

「いや、付き合っていないという体のお付き合いなので、僕たちは別れないんですよ」

そうでした、と笑うと、まさかさんも笑った。もう一本コソ泥しましょう、まさかさんが悪い顔をして言うから、私たちは冷蔵庫を物色して、今度はストロングゼロで乾杯をした。人の家のソファでだらっとしながら、家の人が不在のまま付き合い始めたばかりの人とストロングを飲むなんて、想像もしていなかった。平木さんが蓋を開けたように、平木さんと出会ってから私の人生には想像を超えたものばかりが溢れ出していく。

「じゃあ、付き合ってない体で付き合った記念として一つお願いがあるんですが」

「なんでしょう」

「浜野さん、僕のこと、朝霞《あさか》のイントネーションで呼んでますよね。皆はいわゆる普通の『まさか！』のイントネーションで呼ぶんですけど、まあ、さん付けだから仕方ないのかなとは思ってたんですけど。でもちょっと朝霞イントネーションのまさかは気持ち悪いので、もしよかったら『まさか！』のイントネーションで呼んでもらえませんか？」

「気づかなくてすみませんでした、まさかさん、でいいですか？　ていうか、言われてみればこっちの方が呼んでる方もしっくりきますね」

「ですよね？　ていうかなんで朝霞イントネーションで呼んでたんですか？」

「だってなんか、まさかさんって、ちょっと存在自体がまさかそんな……な存在、って感じがしませんか？」

「なるほどそれは気遣いだったんですね。僕の芸名はまさかそんな……な存在の意味でつけたので、それでいいんですよ」

「考えてみればそうですよね。でなきゃこんな名前にしませんよね。ちなみに、本名はなんて言うんですか？」

「松阪牛雄《まつざかうしお》です。別に両親は松阪牛の牧場経営者とかでもないんですけどね、とにかく母が牛の文字を入れたかったそうで、しかもそれが、牛が毎日食べられるような恵まれた子になるように、っていう意味だったそうで、家の金全部宗教に注ぎ込んどいて何言ってんだって感じなんですけど。だから小学生の頃、自分の名前の由来を両親に聞いてみよう！って課題の時もうほんと嫌すぎて、自分で由来を考えたんです」

「どんな由来にしたんですか？」

「母がスペイン旅行に行ったとき初めて闘牛を見て感激して、牛のように強くなりますようにと願って、的な感じに捏造《ねつぞう》しましたね確か」

「すごい、一気に印象変わりますね」

「まあ全然好きじゃない名前です。もう人生の半分以上かさましまさかとして生きてきましたしね」

「かさましまさかさん、最初名前を知った時は何それって思いましたけど、今はとてもいい塩梅《あんばい》の名前に感じられます。慣れってすごいですね」

「いやあ、イントネーション問題が解決してスッキリしました。これで夜眠れます」

「えっ眠れなかったんですか？」

「浜野さんと出会った日から一睡もしてません」

やめてくださいよと笑うと、まさかさんは満足そうに微笑んだ。幸せだったけど、幸せでいいのかなと不安でもあった。あの離婚を乗り越えて、いつか恋愛をする。そんなことは、一度も考えたことがなかった。予想外すぎて、あの焼け野原に一人立ち尽くすようなカサカサの気分で離婚届にサインをした自分と同じ自分だと思えなかった。こんな乖離《かいり》の中にいる人が、お付き合いしていない体とはいえ、人と付き合えるのだろうかという不安が、拭い切れなかった。

「不思議な感覚なんですけど、実は私、まさかさんといるとどこか自分の欠乏してるところが満たされる気がするんです。この間三宿で飲んでいた時もそうだったんですけど、例えば自分が右腕を切断したとして、その右腕が戻ってきてる感じ。いや、すっごい貧血の時に体の中に入ってくるレバーとか鉄剤？　うーんなんか難しいな。あ、ずっと蓋がなかった日焼け止めの蓋が見つかった感じ？　いやそれも違うかな」

「うん、なんか分かります。僕はなんか、いつも七・五って感じだけど、浜野さんといると十って感じがします。そんな感じですか？」

「あ、多分そんな感じです。ずっと欠けてたところが、戻ってきた感じ」

「それはけっこう、僕のこと好きかもしれませんね」

そうですかね？　と笑うと、多分けっこう好きですねとまさかさんは唇の両端を大きく上げる。あれ、一人って楽じゃん。気を遣わなくていいし、合わない話を無理矢理合わせなくていいし、時間とか生活とかも人に合わせなくていいし、全部自分の采配で決められる。家族も友達も恋人もパートナーとかも私にはいらなかったんだ。一人で生きていくのが、私には一番向いてたんだ。離婚によって全焼して灰の山みたいな気になっていた私はそう思った。そりゃ、未婚率も離婚率も高まるわけだ。人と生きてくって、めっちゃ大変。あんなにも強烈に思い知ったのに、十年やそこらで手のひらを返していいのだろうか。昨日まで、いや数十分前まで自分が恋愛をするという可能性を全く考えていなかったため、改めて迷いが生じてくる。

「あの、お付き合いしていないという体でお付き合いをするにあたって、知っておきたいとかありませんか？　私が離婚した理由とか」

「全然ありません」

「……全然、ですか？」

「あ、興味がないとかそういうことではないんです。もちろん話しておきたい、知っておいて欲しいということなら、ちゃんと聞きます。でも、浜野さんが話したくないことや、隠しておきたいこと、自分でも認めていないようなところとか、自分でも認められないようなこと、そういうことを暴きたいとか、無理矢理聞き出したいとは思わないということです。もしかしたら無責任に聞こえるかもしれませんが、これはむしろ逆で、浜野さんが過去にどんなものを抱えていようと、今どんなものを抱えていようと、内容が分からずとも僕はそれを丸っと受け止めたいということです」

「でもそこに、とてつもないものが眠っているかもとは思わないんですか？　到底まさかさんが受け止められないような、深い闇とか、強烈な憎悪とか、それを知った者が皆生涯苦しむようなえげつないものが私の中にはあって、それを知ったらまさかさんは私を嫌いになり、二度と会いたいなんて思えなくなる。そういう可能性は考えないんですか？」

「考えないですよ。僕は自分の目で見たものを信じてます」

「私は無害そうに見えるかもしれないけど、最低の人非人《にんぴにん》かもしれませんよ。十代の頃非行に走って、友達を売ってレイプさせてお金を稼いだり、集団リンチで仲間を殺してたり、会社のお金横領してたりとか、オレオレ詐欺の受け子をやってたりとか、昨日、一人暮らしの老人宅に押し入ってぐるぐるに縛って蹴りまくって肋骨《ろっこつ》を折って家の金庫の番号吐かせて盗みを働いた極悪強盗犯かもしれないですよ」

「それはひどいですね」

まさかさんは笑って、私もつられて笑ったけれど、私の笑みはすぐに消えた。かつて自分がしたことが、一体どんなことだったのか、私はまだよく分かっていない。

「私は実はこんな人でしたって知ったら、まさかさんは傷つくかもしれない。私から離れていくかもしれない。それが怖いんです。捨てるなら、早いうちにして欲しい。二人で色々なものを積み重ねた後に切り捨てられたら、耐えられない。何度も言いますが、私はもう、メンタルの浮き沈みに耐え得る力がない、バラバラになってしまうんです」

「じゃ、小出しにしていくのはどうですか？　少しずつ、浜野さんが出したいと思ったところから、出していく。これはちょっとあれかなってことは、無理して話さなくてもいいし、でもいつか話したいなと思ったらちゃんと聞きます。言っておきますが、僕はかさましまさかです。冗談みたいな名前の、冗談みたいな男ですよ。糞溜めから生まれて、糞溜めで育って、糞溜めにいる同志のために曲を作ってライブしてる糞溜め男です。ナチュラルボーンシットですよ。できるだけ、僕のことはスポンジボブみたいなビジュアルイメージで捉えてください。僕のことスポンジボブだと思うと、何だかバカらしくなってきませんか？　あもちろん、スポンジボブがシットだって言っているわけではないんですけど」

スポンジボブのことを頭に思い浮かべると、なぜかボブが二人になり、四人になり、八人になり十六人になり、と増殖していく。スポンジボブで頭が埋め尽くされてしまうと、私はようやく気が楽になって、ストロングを飲み干した。二人でまた一緒に冷蔵庫を見に行き、今度は焼酎のボトルと氷を入れたグラスを持って戻る。

「じゃあ今日は、私が強烈に子供が嫌いだという話をしていいですか？」

「いいですよ。僕も子供は苦手です」

「もちろん自分の子だったら違うのかもしれないんですけど。私はとにかく外で見る子供のことを、一ミリも可愛いと思ったことがないんです。例えば、元旦那の妹には二人子供がいて、つまり姪《めい》と甥《おい》にあたるんですけど、義実家で対面するたびに、私は自分には母性が全くないことを痛感しました。二人が生まれた頃から、十歳とかそのくらいまで帰省のたびに見ていましたが、一度も、ただの一度も可愛いと思えたことがありませんでした。新生児の頃は泣く動物でしかなくて、三歳くらいの頃は何かあるたびに泣くし食べ物は食い散らかすしやっぱり動物。やったー何々ちゃんイチゴ大好き！　とか飛び跳ねてる様子見て、マジで反吐《へど》が出そうになるんです。なんか子供らしさを演じてる感じもしちゃって。だから、そうなんだ、イチゴ好きなんだ、とつまらなそうに相槌を打つに止《とど》めると、向こうは苦手意識を持っちゃうから私には近付きませんよね。そんなことの繰り返しで、姪っ子も甥っ子も私とはほとんど言葉を交わしたことがないまま他人に戻りました」

「お互いの苦手意識があると、絶対うまくいきませんよね。僕も金本と吉岡くんが犬飼ってるんだけど、会うたびにちょっと怖いなって思ってて、奇抜な恰好してるせいか向こうもこっちのことかなり警戒してて、なんかおしっこ漏らされたらどうしようとか、ヨダレ垂れたら嫌だなとか思ってると、へっぴり腰になっちゃって、そうなるともう絶対に懐かない」

「分かります。最初は、元旦那の妹とその旦那が嫌いだから子供達も嫌いなのかなって思ったんですよ。元夫の妹は常にその場にいる人たちの中で一番の権力者に阿《おもね》るような浅ましくて卑しい人で、その旦那は社会性も意思も主張も信念もない藻屑《もくず》みたいな、無意味を体現したような男だったんです。でも、私は血縁とかそういうものへの意識が希薄だし、そんなことで苦手意識を持つはずがないと思って、よくよく分析してみたんです。なぜ自分はこの子供らが気持ち悪くて、触りたくもなければ、近づいても欲しくなくて、できれば永遠に会わずに死にたいと思うのか。それで、この嫌悪は、ある種の人々に日常的に感じている嫌悪と似ていると気が付いたんです」

「ある種の人々って？」

「おじさんです」

「おじさん、ですか？　僕も一応おじさんなんですが」

「まさかさんはおじさんではありません。私は二十七くらいの頃に気付いたんですけど、おじさんというのは年齢ではなく、属性です。私は若手の男性編集者が、感じがよく、物事の道理を理解していて察しの良い若者から、ものの数年で権力と金への欲望により、よくいるつまらないおじさんへと変貌していく様を何度も目にしてきました」

「ああ、それは僕も見ていてよく感じました。すごく感じのいい、バイトにも敬語を使ってくれてた爽やかな青年編集者が、二年後には上から目線で雑用を押し付けてきたり、嫁がロクに家事できなくてさあ、とかくだを巻く腹の出たおじさんに変貌するのを目にしたことがあります」

「それですそれです。この間まで同志とまでは言わなくとも、普通に話の通じる人だったはずの男性が、突然『おじさん』というペルソナを被って、同僚に対しても新人作家に対しても結婚相手に対してもめちゃくちゃ偉そうな態度を取るようになる現象。現代的に言えば、トキシックマスキュリニティを手にしていく過程、と言っても良いかもしれませんが、これがおじさん化で、これは社会人になった時どんな環境に身をおくか、どんな女性と結婚するか、どんな部署に所属してどんなふうに昇進を経ていくかによって闇堕ちするかしないかが決定すると言っても過言ではないほど、外的要因に左右される印象が強いです。ヘゲモニー争いに参加しているような権力欲の強い男性が教育係になると、おじさん化が激化していくというのは定説です。そしてもちろん、ヘゲモニー争いに参加している権力欲の強い、名誉男性として権力者側に認められた女性が教育係になった場合も、例外ではありません。行形《ゆきなり》事務所とか、文律《ぶんりつ》社とかの思想強めリベラル出版社では、そもそも志望してくる人たちの資質が偏っているせいかおじさん化は起きにくいのですが、うちのようにまあまあ大きい出版社だと、男性はおじさん化する事例がとても多いんです。その中でも闇堕ちしにくいのが、インテリ、ＬＧＢＴＱ＋や人種血縁などにより、マイノリティとして差別されてきた人たち、差別される可能性のある属性を持つ人たち、そして大きな病気をした人、です。つまりデフォルトマンとして弱者の気持ちを鑑みる必要に駆られたことのない人ほど、おじさん化しやすいんだと思います」

「なるほど。僕はずっと音楽業界にいたので、一般的な会社のことはよく分からないんですけど、権力者で嫌な奴は音楽業界にもたくさんいますし、兼松書房や、その前にバイトしていた新聞社なんかでも、そういう男性たちはたくさん見てきました」

「なんだかすみません長々とおじさんの定義を説明してしまいました。私が言いたかったのは、おじさんとはつまり、話の通じない人のことなんです。自分とは価値観がかけ離れすぎている人、何を大切に思うかが全く違う人、だということです。齧歯類《げっしるい》とか深海魚とか、生態のよく分からないものに近いと言いますか。例えば電車の中とかレストラン、コンビニとかで、キレてるおじさんてよくいますよね。でも私にとっては、彼らがなぜキレているのかよく分からないんです。だって私には、キレるべきものなんてこの世にはほとんど存在しないから。例えば汚職、資本主義の横行、戦争、移民排斥、ヘイト、差別、この世でキレるべきものなんてそのくらいだと思うんです。でもおじさんはよく分からないことでいきなりキレたりします。電話の声がうるさいとか、電車で足を組むなとか、二十歳以上の確認ボタンを押させるなとか、機械の使い方が分からないとか、予約したのに自分の番がこないとか、瑣末《さまつ》でどうでもいいことでキレるんです。それで、それは子供も同じなんです。切り分けられたケーキにイチゴが少ないとか、ウンコ漏らしたとか、ジュースが飲みたいとか、おもちゃ取られたとか、靴下を自分で履きたいとか、そういうどうでもいいことで泣くんです。だから、その価値観の違い、キレるポイントの分からなさが与えてくるストレスという意味ではおじさんと一緒で、だからこそこの嫌悪感はおじさんに対するそれと似ているんだ、ということに気づいたんです」

「なるほど！　確かに言われてみれば、子供のわがままさとこだわりの強さは、おじさんのそれと近いところがありますよね。自分の思い通りにいかないとキレるとか、理不尽なことで怒るとか、なに考えてるかよく分かんないみたいな恐怖と、いつキレたり泣いたりするか分からないというストレスを常に与えてくる存在、そういう意味では完全一致ですね。両者とも、いわばモンスターなんですよね」

「モンスターはいい表現ですね。よその子供って、もしかしたら手で洟《はな》かんでるかもしれないじゃないですか。なんか気持ち悪いから触りたくないし、近づいて欲しくない。おじさんもそうなんですよ。汗臭そうだし、なんかチンコとか触った後手洗ってないかも、って不安にさせるものがある。あ、もちろん不安にさせるおばさんも時々いるんですけどね。それに、私のこの考えは、多様性という観点から見ると本当に最低の考え方です。私はここからここまでしか人間として認めない、と自分が神の視点に立って、普通と異常、OKとNGを定めているということですから。そんなの、狭量な人間の戯言《ざれごと》でしかないんです。多様性とかそういうのは、社会的な立場としては認めていきたいですが、自分の生活に於いてはおじさんも子供も自分的にアウトだから極力視界に入れたくない、という方向性です。差別と言われればそうなのかもしれない。生理的に無理っていう便利な言葉がありますし、それを当てはめることも可能ですが、もしも私が苦手なのがゲイや外国の人で、彼らが何考えてるか分からなくて不安だから視界に入れないようにしてる、とか言ったら、とんでもない差別主義者ですよね。つまり私は、理不尽にキレるモンスターおじさん、理不尽にキレる幼児は虐げてもいいものと設定しているということです。おじさんの場合には、こちら側が常におじさんによって虐げられてきたという怒りによって生じている拒否感でもあって、例えば金の亡者となった政治家や家父長的なものへの怒り、嫌悪とも通底しているのでそれはセーフと言えるのではないかと思います。でも子供は違いますよね。

私は、そんな守られるべき小さき者ものを嫌悪してしまう、視界に入るのも苦痛だと感じてしまう自分が怖いですし、なんとかしてこの嫌悪を乗り越える必要があると思っています」

「もちろん差別主義は良くないです。でも、皆それぞれ苦手なものはあります。僕は幼い頃虫が好きでよく採集していたんですが、母親がそれはもう虫が嫌いで、なに考えてんだお前よりずっと神々しい生き物だぞって僕は思ってたんですけどね。捕まえて帰るとすごく嫌な顔されて、絶対に自分の部屋から出さないように、とかきつく注意されてたんです。何よりもカナブンが好きで、カナブンめっちゃ捕まえてて。飼育についてもめちゃくちゃ調べて昆虫図鑑をほぼ丸々暗記したりしてて」

「すごいですね。幼い子の集中力は時々大人のそれを軽々超えますよね」

「でも僕は今、虫がすごく嫌いなんです」

「そうなんですか？　カナブンも？」

「もう一律虫はダメなんです。蝶すらも無理です。なんでこんなことになったのか分からなくて。自分でもちょっとショックで。もちろん虫と比べるのがどうなんだって意見もあるかもしれませんけど、生理的にダメなものって、ある程度防衛本能なんじゃないかって思うんです。ほら、父親と仲が良かった娘も、年頃になるとお父さんまじキモってなるって現象、あれ近親交配を避けるために、遺伝子に組み込まれた生理的嫌悪感だって説あるじゃないですか。だから虫への嫌悪感も、虫によって淘汰《とうた》されてきた人々がいて、我々はその生き残りだから、危機意識から呼び起こされてるものかもしれない。子供のうちは、死ぬのを怖いと思う意識が薄いから、怖くなかったのかもしれない。だから浜野さんがおじさんと子供を苦手と感じるのも、そういう防衛本能であって、何かを傷つけようとか、排除しようという意識とは全く別物なんじゃないでしょうか」

「でも、差別の根幹は、恐怖心であるとも言いますよね。怖いからこそ差別する。怖いからこそ、過剰に防衛してしまう」

「浜野さんは大丈夫ですよ。これだけ考えてるし、実質的な害をおじさんや子供に与えてるわけじゃないんですから。何か現実的に困ったこと、例えば子供たちをいっぺんに三人預からなきゃいけないとか、おじさん十人と会食しなきゃいけないとか、そういうシチュエーションに陥ったら、一緒に対策を考えましょう」

あははと声を上げて、それは恐怖ですねと答える。何か止まっていた時計が動き始めたような、再開を感じて、これはなんだと訝る。つまり私は、一人で生きていくと決めた瞬間から、思考を停止させていたのではないだろうか。つまり私は、世界中にほとんど一人きりだったのかもしれない。生活の中で顔を合わせる部長も同僚も仕事で対立する社員たちも、コンビニ店員も宅配業者も全部モブキャラで、仕事に必要な会話か、買い物に必要な会話、挨拶や天気の話だけをする、それがＡＩであろうとなかろうと気にしない、そんな存在だったのだ。そしてそういう人とだけ付き合うのであれば、私もＡＩで、モブで良かったのだ。でもその殻が、ＡＩとして被ってきた、あるいはモブとして被ってきたマスクが、まさかさんによって剝がされたのだ。だから今こんなにヒリヒリして、恥ずかしい気持ちになるのだろう。

「私は今、人間に戻った気がします。人間は久しぶりで、なんだか緊張します」

「浜野さん、人間じゃなかったんですか？」

「多分私は、ＡＩとか、モブみたいなものでした。そういう皮を被ってました」

「じゃあ、その皮を僕が剝《む》いたということですか？」

「そうですね。なんか、エロいですねその言い方」

「え、そうですか？　えそれってつまり、えいや僕はそんな意味で言ったわけじゃないですよ？」

「えそんな意味ってどういう意味ですか？　私もそんな変な意味で言ったわけじゃないですよ？」

「えっ変な意味ってどこからが変な意味ですか？」

「いやいやなんか丸裸にされるみたいなのがエロいって話ですよ」

「あそういうことですか？　ちょっとびっくりしちゃいました」

「何にびっくりしたんですか！」

笑い合って、グラスをぶつけ合って、話をたくさんして、夜は更けていき、朝の四時になっても平木さんは帰ってこなくて、私たちはソファでうとうとして、気がついたら折り重なるようにして眠っていた。はっと目覚めた私は口を開けて眠るまさかさんのことをじっと見つめて、行き着く当てのない関係の誕生が、もうさほど不安をもたらしていないことを確認して、ホッとした。長さが足りておらず、カーテンの脇からも下からも陽の光が漏れているせいで、部屋はすでに明るかった。壁掛け時計には七時五分と出ていたけれど、なんとなく平木さんの時計が信用できなくて自分のスマホを手に取ると七時五分で、さすがに信用しな過ぎかと自分の疑り深さに笑う。それにしても、平木さんはまだ飲んでいるのだろうか。それともキャツとどこかにしけ込んでしまったのだろうか。もしかして、金本さんも一緒に？　自分も人の家でまだ二度しか会っていない人とソファで寝てしまったというのに、平木さんへの心配が勝る。一度自分の家に帰るか、それともこのまま出勤してしまうか悩んでいると、まさかさんがビクビクと動いてうっすらと目を開けた。

「おはようございます」

「あ、浜野さん……」

「大丈夫ですか？　ビクビクしてましたよ」

「なんか今、大人数のプロレスラーたちに釣竿で釣り上げられる夢を見てました。細かい設定は覚えてないんですけど、人間だということがバレたら殺されるという状況で、プロレスラーたちの真ん中で魚のふりをしていたんです。夢で良かった……」

声を上げて笑うと、目を擦《こす》りながら上半身を起こしたまさかさんは恥ずかしそうに笑う。四十一とは思えないような目元と口元の深い皺が朝日のせいで鮮明に見えて、私は自分の顔を確認したくなる。洗面所に行けば、四十五のしょぼくれた女が立っている。それは分かっている。でも今、まさかさんにどんな姿を晒しているのか、気になって仕方なかった。あちこちに羞恥《しゅうち》の風船が浮かんでいて、一歩あるくたびにどれかに当たる、そんな感じの気恥ずかしさがある。中年の恋愛とは、するだけでどこか恥ずかしいものなのかもしれない。

「なんか、朝ごはんでも食べに行きましょうか」

まさかさんの言葉は甘く、私はこの世に人と外で食べる朝ごはんというものがあったことを思い出す。

「それとも、もう少し寝てからブランチ的なものを食べに行きますか？」

「まさかさん、私会社員ですよ？　九時出社ですよ？」

「そうでした。久しくそういう人が周りにいなかったので……。じゃあ、ちょっと頑張って朝ごはん食べに行きましょう」

私たちは寝起きで昨日の洗い物の続きを始めた。自分の家ではないからこそ、なんとなくまさかさんと新生活を始めたかのような錯覚に陥って、一人で気恥ずかしくなる。私は浮き足立っているのかもしれなかった。

平木さんの家に図らずも一泊してから、私の生活は乱れに乱れた。そもそもあの朝、平木さんの家の近くにあったカフェでクロワッサンとオムレツとカフェオレというオサレな朝ごはんを食べたあと、そのまま出社した段階で普通に詰んでいた。まずは沖部長による、昨日と同じ服ですね昨日半休取ったのに……という指摘が入り、落花さんが、浜野さんは同じ服を何枚か持ってるんですよね、と救済してくれたはいいものの、昼休みになると落花さんが「蟹の人ですか？」と涼しい顔で聞いてきた。

「……蟹の人です」

「いいじゃないですか。蟹の人」

落花さんは何事にも動じない。コミュ障ではあるが、物静かで、この世の全てを諸行無常と捉えているかのような落ち着きっぷりだ。この落花さんが隣に座っていることで、私は自分で気づかない内に、ところどころ救われていたのかもしれなかった。

そしていつものスーパーで豚肉を買って帰宅すると、なんと冷蔵庫にあると思い込んでいたキャベツ四分の一個がなくなっていて、誰かがキャベツだけを盗んでいったのかと思ったけれど、よくよく考えてみたら普通に一昨日食べ切っていた。仕方なくもやし半袋と豚肉の焼肉のタレ炒めを食べたのだけれど、さすがに少し物足りず最寄りのコンビニに出かけ、流れるようにアイスとカルパスと氷結を買い、肌寒い帰り道でアイスを食べ始めるという所業をこなしてしまったのだ。そして帰宅すると、氷結と一緒にカルパスも一袋食べ切ってしまった。普段のルーティン生活からは考えもつかない行動に、思わず「今日駅までの道を歩いていたら、なんと高速沿いの道で亀を散歩させているおじいさんを見たんです」「七十センチくらいある、恐らく陸亀でした」「亀仙人ですかって聞こうか迷ってる内にちょっとストーキングしてしまいました」というまさかさんから夕方届いていた三連投LINEに「亀にも散歩が必要なんでしょうか。私も見てみたいです」とサクッと返信してから「私、今日キャベツがなかったせいで肉野菜炒めが物足りず、なんとコンビニでアイスと氷結とカルパスを買い、全て貪ってしまいました」「私はどこかおかしくなってしまったのかもしれません」と驚きを伝える。

「いいじゃないですかアイスと氷結とカルパス！　僕はどれも大好きです。今度コンビニで買いたいものを買いたいだけ買って好きなだけ食べるパーリーしましょう！」

夕飯の洗い物を終えた頃そんなLINEが入って、まさかさんはやっぱり、非日常に慣れ切った人なのだなと思う。日常的に日本全国を駆け回っているのだから当たり前なのだろうけれど、あちこちのライブハウスを回りながらホテルを転々とし時々家に帰ってくる、というルーティンと正反対の生活を送るまさかさんの日常が、私にはあまり具体的にイメージできない。

「コンビニパーリーいつしますか？　僕は来週名古屋から関西方面のライブが三本入ってるんですけど、その後とかどうですか？　金曜に帰ってくるので土日とか。浜野さんは土日と祝日休みですよね？」

その場合、パーリーは私の家でなのかまさかさんの家で行われるのか、どっちなんだろう。そう思いつつ既読を付けないまま悩んでいると、「あ、僕のアパートは京王線の駅から結構歩く辺鄙《へんぴ》な場所なので、ちょっと遠いなってことだったらまた平木さんや、金本の家を借りましょう！　ちなみに僕は関西に行くと必ず551を買うのですが、コンビニプラス551でも大丈夫ですか？　あ、あるいは、551パーリーとコンビニパーリーは別にしますか？」「あ、心配ご無用です。551には豚まんのみならず、餃子《ギョーザ》や焼売《シュウマイ》、甘酢団子もあるんですよ。フルコースができますので551パーリーでも余裕です」と入ってきて、世の人々はこんなに簡単に家の貸し借りを行うものなのだろうかと私は戸惑う。この間みたいに、平木さんと金本さんも交えて四人でパーリーしないかと誘ってみようかと考えるものの、それではまるで二人になることを避けているようだし、お付き合いしていないという体のお付き合いを始めたのに、二人にならないでどうすると奮起して、「狭いのですが、もし良ければうちでやりませんか？　1DKなので、平木さんのお家と広さ的には同じくらいですが、バルコニーは一畳程度なので、開放感は全くありません。また、レンジやフライパンはありますが蒸し器はありません」と返信した。

「ぜひぜひお邪魔させてください！　では551でガッツリお買い物をして帰りますね！蒸し器は誰かに借りたり、代用できるものを探していきます！」

そう返信があって、読んだ瞬間ああこの家にとうとう人が……と遠い目で狭い1DKを見回した。私が住み始めてからというもの、この家には何人《なんぴと》たりとも足を踏み入れたことがないのだ。考えてみれば、一人暮らしを始めた時に買った一人暮らしセットを使い続けていたため、大皿小皿お茶碗お椀コップマグカップが全て一つずつしかない。こんな家にまさかさんを呼んで良いのだろうか。それとも、一人暮らしセットをもう一つ買うべきだろうか。でも付き合っていない体の付き合っている人を呼ぶのに、一人暮らしセットを追加購入されていたらちょっと重すぎやしないだろうか。じゃあ紙皿でも買っておく？　いや紙皿って、ちょっと学生のお家パーティ感？　食器一つでこんなに悩む人が恋愛などできるのだろうか。いやでも、恋愛とはそうしてどうでもいいことにいちいち悩むものであったような気もする。

えそんで付き合うことになったんですか？　はい、付き合っていないという体で、お付き合いをすることになりました。その体っていうのは、何に対するエクスキューズなんですか？　いやエクスキューズっていうか、お互いリハビリ的なことをしなきゃですね、っていう、そういう意味でちょっと一歩引いたところから、という感じでしょうか……。

「はあ、まあ良かったじゃないですか。浜野さんとまさかさんかー、なんか意外っていうか、いや意外でもないのかな、なんかよく分かんないですね。でもなんか、段々いい感じがしてきましたよ。うん、慣れれば慣れるほどいい感じな気がしてきますね」

「慣れるの早いですねまだ激白から一分ですよ？　私はまだ全然慣れません。まあそもそも、私は恋愛が久しぶりだし、なんか、どうしたらいいのか色々分からなくて、そもそも恋愛ってどこまで心を許すものだっけとか、どこまで信頼するものだっけとか、どこまで話したり、共有したりするんだっけとか、LINEは一日何回？　とか色々分からなくなってて」

「でもそんなの相手によって違いますよね？　一対一の関係なんだから、恋愛って一言で言ったってそれぞれですよ。あんま考えすぎない方がいいですよ。浜野さんその内、色々考えるのが面倒くさいから別れたとか言いそう。ってか、浜野さん離婚歴あるんですよね？」

そういえば蟹会の時、流れで元旦那が金沢出身でと話したのだった。えっ結婚したことあるんですか？　こんなに仲良くなったのに全然知らなかった、と平木さんはふて腐れたような顔をしていたのだ。平木さんも彼氏の存在を忘れて私に言い忘れていたくせにと思ったけれど、まあ正直私も本当に忘れていたようなものだった。仲良くしていた結婚生活はともかくとして、元旦那との関係が拗《こじ》れてから、ルーティンの生活を築き上げ心の安寧を確保するまでの間のことは、正直記憶がうっすらとしか残っていないのだ。比喩でも何でもなく、あの頃私は常態的に酸欠で生きていたのかもしれない。

「まあ離婚したの、もう十年くらい前ですけどね」

えっメキシカンなのに水？　水ですか？　それはちょっとメキシコの神様に失礼じゃないですか？　せっかくなんだからテキーラかラムベースのカクテルでも飲みましょうよ！と店員さんに注文する段になって平木さんが大声で飲み物を頼まない私を糾弾したため、仕方なくフローズンマルガリータを頼んでしまったのだけれど、店員さんがフローズンマルガリータです、と置いていったフローズンマルガリータは私の予想の五倍くらいの大きさで、ドン引きしている私を尻目に平木さんは乾杯動画を撮りたいのか、片手でスマホを持ちながらもう片方の手でキウイフローズンマルガリータのグラスを持ち上げ乾杯を促してくる。平木さんは趣味なのか分からないけれど、乾杯シーンをしょっちゅう撮影しているのだ。手だけとはいえ、ビデオに出演するのはいつも少し緊張する。

「え、浜野さんが恋愛から遠ざかってたのって、その離婚のせいなんですか？」

「え？　それはどうなんでしょう、そのせいと言えばそうなのかもしれないし、まあでもそうでないと言えばないような気もするというか。まあ元々、私はそんなに恋愛体質な方でもなかったので、別に彼氏とか恋人とかはいなければいないで良かったというか」

「そんな人が結婚したってことはじゃあ、旦那さんとは特別な、よっぽどの恋愛だったたってことですか？」

よっぽどの恋愛って……と笑いながら、私は前菜のワカモレをトルティーヤチップスに載せて頰張る。平木さんが今日のお店に選んだのは、メキシカンカフェだった。チャラい女の子が好きそうなオサレカフェに見えて、実際はかなり本格的なメキシカンで、全メニューかなりレベルが高いらしいですと聞いていた通り、ディップはアボカドに玉ねぎパプリカトマトがふんだんに混ぜ込まれ、レモンの香りもしっかり立っていて、メインに選んだタコス四種への期待が高まる。

「どうなんだろう。今思えば、なんで好きだったのかよく分からないし、好きだったのか、ただの執着だったのかよく分からないんです」

「好きと執着って切り離せます？　好きだから執着するんじゃないですか？」

「まあ、確かに。でも好きは五十のところで止まってるのに、執着だけが二百とか三百くらいまで上り詰めちゃうってことってありますよね」

へー、と言いながら平木さんは私を不審そうに見つめる。

「好きと執着は切り離せないけど、完全連動ではないってことです。だからふとした時に、どうしてこんなに執着してるんだろう、って我に返るみたいな」

「そういう恋愛だったんですか？」

「うーん、あれがどういう恋愛だったのか、そもそも恋愛だったのかどうか、よく分からないんですよね。何だか今でも狐につままれたような解《げ》せなさがあるというか」

何ですかそれおもしろ！　平木さんはフローズンマルガリータのせいかテンションが高い。会社のお昼休みにフローズンマルガリータを飲む人生なんて、この間まで考えもしなかったのに、普通に「口当たりがよくてどんどん進んじゃうな」と思いながら飲んでいる自分が怖い。

「え、兼松の人じゃないんですよね？　出会いは？」

「えっと、文欧《ぶんおう》社の編集者でした。同じ作家を担当していて、その縁で知り合って」

その縁で知り合って、話が合って次第に個人的に連絡を取るようになって、二人でも会うようになって、付き合いませんかと向こうから言われた。最初は順調すぎて怖かった。大学生の頃に一人付き合っただけで、その人とも一年足らずで尻すぼみな別れ方をしてしまったという自分の経験の少なさもあったし、人生二人目の彼氏でありながら、社会人になって初めての彼氏で、いわゆる結婚を意識するような年齢で男性と付き合うのも初めてだったからだ。結婚を意識しながらも重たいと思われるのが嫌で、この世に結婚なんてものがあることすら知りませんという顔で、お互い自立した大人同士として付き合おうと、私は目一杯努力していた。仕事も目一杯やって、一緒に暮らし始めてからは家事も過不足なくこなした。そして付き合い始めて二年で、私たちは結婚に至った。激しい恋愛をしていたわけではないし、情熱的なプロポーズがあったわけでもなかった。同居もしていたし、そろそろどうかな的な流れで、私は向こうのご両親に挨拶に行き、彼は私の母に挨拶に来て、式は挙げず入籍だけした。静かな結婚だった。私たちはただ一枚の紙によって結ばれた、普通の夫婦だった。でもどこかで違和感があった。私たちは、対等ではないのではないかという疑問がいつしか芽生え、胸の裏側に、脳裏に、内臓の裏側に、ごっそりと根を生やしていった。

五つ年上の彼は、方々で優秀な編集者と言われていたし、実際何でも知っている人だった。同じ編集者だった私たちの関係は、対等なように見えてそうではなかった。私は彼を尊敬していて、彼は私を可愛がっていた。でも私は一人前に見られたいという思いとは裏腹に、自分が可愛がられる対象であることにも満足していた。あの時の自分は矛盾を抱えていて、その矛盾に悩むことすら、当然のことであるように感じられていた。私の矛盾は、社会が内包している矛盾と共鳴していたからだ。社会が許容している矛盾は、私も許容しなければならない。私は当時さほど意識的ではなかったものの、この人を好きだという気持ちによって、自分自身の大切なものがねじ曲げられていることには気づいていた。でもそれを、なす術もなく受け入れる他なかった。それに、自分自身の大切なものなど、別に捨ててしまってもいいと思っていたのかもしれなかった。

今思えば、彼は私への敬意に欠けていたのだろう。普段の言動にはさほど表れない、でも彼にとって私の価値は、自分より若く、でも若すぎない、自分以上には頭が良くなく、でも悪すぎない、それなりの自立をしていて、でも自立しすぎていない、というちょうど良さにあったことは間違いない。彼は決して差別的ではなかった。店員にもタクシーの運転手にも丁寧な態度をとっていたし、ヘイトや戦争、死刑にも反対の立場を取っていた。でも彼は、とにかく強い女性が嫌いだった。思想的に反体制であることはOK、でも声の大きな女性に眉を顰《ひそ》め、主張の強い女性を揶揄し、ビジュアルが派手な女性を冷笑した。この世に怖いものなんて何もない、権力も男も私を屈服させることはできない、そういう態度の女性を現実や映画で見ると、彼はいつもうっすらと不愉快そうだった。そういえば結婚の挨拶に行った時も、旦那とは籍が入ってるけど、今は恋人と同棲してる、と母が漏らした瞬間、彼は目に軽蔑の色を浮かべた。もしかしたら母はあの時、自ら進んでリトマス試験紙のように機能してくれたのかもしれないと思うけれど、それは私の希望的観測でしかなかったのかもしれない。でも思えば、母は彼を紹介した日の夜、本当にあの人でいいの？　とメールを寄越したのだった。結婚報告を聞いた時、誰もがあんな素敵な人と結婚できて良かったねと祝福した。やっぱり母だけが、彼の資質に気づいていたのかもしれなかった。

「レイプって、女が本気で嫌がれば絶対できないらしいよ」

そんな強烈な言葉を吐かれたこともあった。セカンドレイプに繋がるその発言に私は激怒したけれど、「でもこれ言ってたの女だよ」と彼は笑った。私は彼にそんなことを吹き込んだ名誉男性だか知らないが、何かしらの勘違いによって人々を傷つけながら生き延びてきたであろう女性を呪った。そもそもレイプの標的にされた女性が一番に考えるのは抵抗すれば殺されるかもしれないということだし、恐怖で体が動かない、声が出せない人もいる、という主張は一笑に付された。この人は何も分かってない。彼の女性蔑視的な発言を聞くたび思った。でも当時はまだ、セカンドレイプという言葉は日本では一般的なものではなかった。私は彼を的確に批判する言葉を持っていなかった。そして当時、誰が何を言ったとしても、彼は自分の過ちに気づくことはできなかっただろう。現在ならもしかしたら、違う反応が得られたかもしれないけれど。

だから私は、離婚後男性と個人的に関わることがなくなって、こういう男性の害悪的思いこみや勘違いにいちいち傷ついたり、頭を抱えたりすることがなくなり心穏やかな生活を送れてはいたものの、もはや当事者ではなくなったような気分のまま、少しずつ時代が変化し始めたことに心から感激もしていた。でもどこかで、私には何もできなかったという無力感が残り続けた。私は社会を変えることができなかった。戦うこともできなかった。ただ一人の最低な男に、まともな反論をすることもできなかった。戦ってくれた皆、ありがとう。私は何もできなかったけれど。そんな思いを抱えたまま、私はいつしかしょぼくれた中年女性になった。

「え、編集者かー。どんな人だったんですか？」

平木さんの無邪気さが、この国が少しずつ浄化されてきている証拠の一つだ。今初めて、この無邪気さを守りたいという能動的な思いが生じる。これは後世を担う者たちへの慈愛、いや責任感のようなものなのだろうか。

「家では害悪でしたけど、外ではギリ害悪にならない程度のデフォルトマンでした。自覚なしの」

「えーまじっすか？　最低じゃないですか」

「まあ、当時は珍しくなかったですけどね。年上だったし」

「あっ、じゃ今はきっとあれになってますね」

「あれって何ですか？」

「あれですよあれ、あのー、タッチパネルの使い方分からなくてキレるやつ」

「ああ、老害？」

「それですそれ！」

「まあさすがにそんな歳じゃないのでタッチパネルは使えると思いますけどね。ちなみに平木さん、差別語についてどう思いますか？　ちょっと前まではＯＫだった言葉も、どんどんＮＧになっていってるじゃないですか。最近はもう、チビ、デブ、ハゲとかも微妙ですよね。そのうち、老害という言葉も差別語になるんでしょうか」

「うーん、確かに見た目についての蔑称は、かなり規制が強くなってる印象はあります。This is me の時代ですしね。でも、老害というのは一般的な老人に対して使われる言葉ではなく、人の資質や、店や人が日常的に被る害の種類を表した言葉です。あいつ公害だよな、と言われるような迷惑な人、またはその害自体を細分化した言葉なので、差別語にはならないんじゃないかと思いますよ。例えばネットスラングで糖質という言葉がありますよね。あれは実際に統合失調症という病名から派生した言葉なので完全アウトです。老害が例えば、認知害、など実際にある認知症という病名から派生した名称だったら普通にアウトです」

なるほど、と思わず少し大きめの声が出てしまう。自分は何となくぼんやり「老害」って差別語になりそうだなあ、と思うだけで、ここまではっきり言語化して考えてはいなかった。平木さんの言葉を聞いていると、これから世界が向かっていく方向がしっかり摑めているのだろうという安定感がある。私はふと、自分が編集者だった頃に担当していた四十代の女性作家がインタビューで話していたことを思い出す。若くしてデビューした彼女は「昔は自分の書くものがトレンドになったし、むしろトレンドは自分の後からついてくるものだった。今はトレンドをリサーチすれば概要は摑めるけど、皮膚感覚では一切理解できないから書けない」と話し、自分がトレンドの渦中にいなくなることの苦悩を語った。でもそれを自覚して、自分自身の立ち位置を把握しているからこそ、あなたは表現者なんだと私は思った。普通の人は自分より下の世代をゆとりだのさとりだの何とか世代だのと皮肉ったり、最近の若いもんはとか言って腐したり、昔はよかったと回顧的になったり、今の若い人のことはよく分からない、と分断するばかりで、その渦中にいる人たちが迫られている必然性や、気持ちを想像しようともしない。自分はそこから退いたこと、そしてそこには永遠に同化できないこと、安易な想像すら叶わないことを知っているからこそ、あなたは外側から渦中の人々を書けるのだろう。私はインタビュー後、彼女にそんな趣旨の話をした気がする。彼女がなんと答えたかは、覚えていない。よく覚えているのは、私はその作家のことが、とても嫌いだったということだ。

「うわあめちゃくちゃ美味しそう」

平木さんは声をあげ、目の前に出されたブリトーにスマホを向ける。東京のオサレカフェ風なお店で出されるにはちょっと不似合いなほどのボリュームで、それ食べ切れますかと心配したものの、私の前に出された四種のタコスも思ったより大きめで自分が心配になる。

「うわっ、浜野さん見てくださいこのブリトーガッツリお米が入ってますよ！　やっぱブリトーはお米入りじゃないとですよね！」

「平木さんはいつも食に対して前向きでいいですよね。ちなみに私、この間いつものルーティンご飯を食べようとしたらあると思っていたキャベツがなくて、もやしと肉の炒め物になってしまったんです。そうしたら何だか物足りなくて、コンビニに行ったんです。夜に、しかも夜ごはんを食べた後にですよ？　それで私、なんとアイスと氷結とカルパスを買って、アイスを食べながら帰宅、帰宅後に氷結とカルパスも食べ切ってしまったんです」

「へー。……え、話終わりですか？」

「終わりです。オチがない話はダメですか？　ていうか、この話まさかさんにもLINEでしちゃったんですけど、オチのない話だな、って思われましたかね？」

「まあ、付き合ってるカップルが常に二人ともオチのある話してたらそれは逆におかしいですけどね。なんか、私二人が惹かれあった理由がちょっと解せてきたかもしれません。まさかさんて変な人じゃないですか。まあ主に見た目とライブが。そんで、めっちゃ日本中飛び回って落ち着くことのない生活送ってますよね？　来る日も来る日もライブと移動ばっかしてる人ですよね？　で、浜野さんは食後にコンビニ行ったことすら事件になる人。つまりルーティン女と、イレギュラー男が、お互いにないものを与え合う関係を築いたってことですよね？　それって結構いいかもですよね。私、キャツと一緒にいてちょっと物足りないのは、自分たち結構似てるからだと思うんですよ。ノリが同じみたいなところがあって。キャツのことはめっちゃ好きなんですけど、一緒にいると私が二倍になったみたいな感じで。特に最近はもう相手のほとんどのことは知っちゃったし、驚きがないんですよね」

鬼ヶ島鬼ャ奴なんて名前を考える奴と一緒にいて驚きがないとは、俄には信じ難《がた》いが、まあそんなところに引っかかっても仕方ないなとタコスに手を伸ばした。牛肉のごってりしたシチューのようなものに、緑色のソースがかかっているタコスで、強烈なスパイスとショッキングなまでのソースの辛さにうーんと唸《うな》り声を思わずあげてしまう。

「あでも、平木さんと彼氏は結構正反対なんですよね？」

「あー、確かに」

そう言ったきり平木さんはブリトーに齧り付いて必然的に会話は封じられる。私は二つ目の、白身魚のフリットが挟まれ、マヨネーズベースっぽいオレンジのソースがかかっているタコスを手に取る。

「最近彼氏からの連絡滞ってるんですよね」

「え、そうなんですか？ 忙しいんですかね」

「なんかそうなると、私ガチで彼氏いること忘れちゃうんですよ」

「それはひどいですね犬猫だって飼い主と数年ぶりに再会すると大喜びするっていうのに」

「いや、私だって彼氏に会ったら嬉しいですよ。でも犬猫だって、数年間ずーっとその飼い主のこと考えてたわけじゃないはずですよ。前の飼い主のことをぽっかり忘れて今の生活を楽しんでいる時だってあったはずです」

まあ、確かにそれはそうですね、犬は皆ハチ公説は人間の都合のいい思いこみです、と言いながら、平木さんがブリトーをガブガブ平らげていくのを見つめる。元旦那のことを思い出していたからだろうか。彼に体形を指摘された時のことが蘇る。痩せたら？　とか、太ったんじゃない？　とかだっただろうか。今だったらボディシェイミングと言われる行為に、私は安直に傷ついた。ＢＭＩで見れば痩せているに入る体重だったけれど、私は彼の言葉を真に受けて、食事制限を始めた。私の食事への興味のなさは、もしかしたらあの時から始まっていたのかもしれない。

「昔、ネトフリで配信していた食のドキュメンタリーにハマっていた時があって、コメディアンのアメリカ人中年男性が、いろんな国でその土地の料理を楽しむっていう、まあよくある食べ歩き番組だったんですけど、別にマナーがいいとかじゃなくて、普通に手摑みで食べたりもするし、お行儀の悪いネタとかも言うんだけど、まあとにかくよく食べる人で。でもその人が食べているところを見ていると、何かロッキー山脈とか、グランドキャニオンとか、ナイアガラの滝とか、そういう大自然を見ている時のようなうわあ、っていう適切な言葉が出てこない感動と驚きみたいなものがあるんです。壮大な自然を前にした時の圧倒される感覚というか。ワンダフルという感嘆詞を、私は彼を見ていて初めて人に対して抱いたんです。そして、平木さんの食べっぷりは、彼を想起させるんです。本当に私は、永遠に平木さんが何かを食べ続けている様子を撮ったビデオがあれば、永遠に見ていられると思います」

「えーキモぉ……」

「キモいですよね。でも平木さんの食べている様子は、本当ワンダフル、ワンダーフルです。私が持ち得ない美しさが、平木さんの食べる姿には詰まっているんです。私、多分食べることに乖離があるんですよ。昔摂食障害に近い状態を経験しているし、どこかで何々を食べること、とか、何々を食べる私、みたいな、俯瞰視点があるんです。食べることを過剰に意識した状態が苦痛だからこそ、意識せずに済む肉野菜炒めとパックご飯、お昼はおにぎりとサラダ、っていう何も考えなくて済むメニューを続けていたんだと思うんです。一回乖離してしまうと、人はもう乖離のない状態には戻れないんです」

「私、乖離していないことに関しては定評があるし、自分でも自信があるんです！」

平木さんはおしぼりで手と口を拭いながら言う。半分に切り分けられたブリトーをすでに一つ平らげていて、すみませんテキーラサンライズください、と通りかかった店員に手を挙げて言う。私も自分のグラスを確認して、テキーラサンライズ二つで、と言い加える。私は、平木さんといるといつもより乖離のない状態でいられる気がする。だからこそ、彼女といると気分が良いのかもしれない。

「もしもですけど、彼氏が向こうでその、浮気とかをしていたら、平木さんはどうしますか？　私も、まさかさんというあちこちを飛び回る人と付き合うので、心構えをしておかないとと思って」

「そりゃ悲しいですよ！　泣きますよ」

「あ、そういう感情あるんですね。それで、泣いた後どうします？」

「まー向こうが別れたいなら別れますよ。別れたくないって言うなら、考えます。考えて許せるなら一緒にいるし、許せないなら別れる」

「乖離がないですね。でも実際には、そこまでパキッと割り切れないんじゃないでしょうか。メンタル的に」

「まあムカつくとは思いますよ普通に」

「ですよね？　まあまあ長く付き合ってるわけだし、別れたとしたら引きずりますよね？」

「まあ、そうかもしれませんね」

「それで立ち直れなかったり、傷ついたりすることは、怖くないんですか？　遠距離恋愛を始める時、そういうこと考えませんでしたか？」

「私、そういうこと考えないんです。人生いつも楽しいことに溢れてて、不安がってる余裕がないっていうか。まあ強いて言うなら、私は生きてきた限りずっと幸せ過ぎて、人生トントン説が本当だとしたら、そろそろ不慮の事故とかで死んでしまうんじゃないかって想像がたまに頭を過《よぎ》ることくらいですね」

　それはまた……と言ったきり二の句が継げない。私と平木さんは、存在としてあまりにかけ離れている。かけ離れ過ぎているせいで全く参考にならない。全く別の価値観、別の通貨、別の言語、別のインフラの中で生きている、宇宙人のような存在だ。でも考えてみれば、そんな存在と共通言語で話せるのは貴重な経験かもしれないとも思う。人生トントン説が本当でなければ、私は少なくともこれから数年は、宇宙人と話して意見を聞くことができる特権を得たということだ。昔だったら無理だったかもしれない。変わった人だよねと、切り捨てていたかもしれない。今だからこそ得られた繋がりなのだろうと思うと尊かった。

まじでお腹いっぱいで一瞬でも腹パンしようものなら私の口からブリトーがシャイニングですからね、絶対に腹パンしないでくださいよ、とニコニコしながら前振りのようなことを言って、平木さんは会社までの帰り道をそれでも軽快なステップで歩んでいる。するわけないじゃないですかランチ後に腹パンする友達なんてあり得ませんよ、あいや、ランチ後じゃなくても腹パンなんてしませんね、と言うと、あー私たち友達なんですね、良かったー私だけが思ってるのかと思った、と平木さんが健やかな笑顔で私を振り返る。

「あ、浜野さん、駅前にハワイ料理屋ができたの知ってます？　次はそこ行きましょうよ。ガーリックシュリンプが激ヤバらしいですよ」

平木さんのお誘いに、私は一瞬虚をつかれて口を閉じる。「あれ、浜野さんハワイ料理は嫌ですか？」と聞かれて、「いや私ちょっとエビが……」と答える。別にエビが苦手だったことはない。でも平木さんと中華ビュッフェに行った時、久しぶりに食べたエビに、過去の記憶が蘇ってしまったのだ。

「あ、エビ嫌いですか？　じゃ浜野さんはマヒマヒとかロコモコとか食べたらいいんじゃないですか？」

「ですね。じゃあ行きましょう。マヒマヒって何でしたっけ？」

私とエビを食べたことを、平木さんは忘れているようだ。少しホッとしながら、お昼休みがもう十分前に終わっていることを確認して、自分から言ったくせに知らなかったようでマヒマヒをググっている平木さんに、ヤバいですこんなに頻繁にお昼休みをオーバーしていたらさすがに部長に怒られるかもしれません急ぎますよ、と声を上げる。「さっき名古屋に到着しました！　ここから四日でライブ三つですっ」というまさかさんからのLINEに「私はお昼に平木さんと会社近くのメキシコ料理屋に来て、タコスを食べました。平木さんの頼んだブリトーが五百ミリリットルペットボトルくらいあってびっくりしました。しかも付け合わせがポテトだったんです！」と、信号待ちの間に返信する。最近スケボー乗ってないなー、もう腕が、いや脚か、脚が落ちてるかもなー、と電動キックボードに乗っている人を目で追って不服そうに言う平木さんを柔らかく見つめながら、どこか心に、暗雲が立ち込めている気がした。不安発作が始まりそうな予感がした。いつもは夜一人でいる時に起こるのにと訝りながら、私は目立たないように、トイレからの戻りですという雰囲気をうっすらと醸しながらデスクに戻った。

光生《みつお》。ねえ光生。微《かす》かな声と共に、自分の左側から伸ばされた手が私の右の肩に触れる。胸元に載った腕が重たい。……苦しい。言葉が言葉にならない。お願い。その声は悲しみを帯びている。浅い呼吸しかできず、どんどん苦しくなっていく。どうしてか、私は深く息を吸い込めない。また手が忍び寄る気配がして、今度は左肩に触れられた。体は動かず、指先を動かそうと意識を集中させるものの、動いているのかいないのかもよく分からない。

怖い。呟いた途端二つの手が離れ、つかえが取れたように胸の重みがなくなり、ヒューッと勢いよく息を吸い込みながら布団を撥《は》ね除《の》ける。上半身を起こし、慌てて見渡しても真っ暗な部屋の中には当然誰もいない。私は帰宅した時、二つの鍵とドアガードを必ずかけるし、ここはマンションの五階だ。肩を上下させ、とにかく苦しみから逃れるため大きく深呼吸を繰り返す。

「光生って……」

吐き捨てながら食道が圧迫されるような違和感があって、起き上がって枕元の水を飲み込む。箱田《はこだ》光生は元旦那だ。まさかさんと付き合い始めたせいか、それとも平木さんに元旦那の話を聞かれたからかは分からないけれど、離婚から十年以上ほとんど私の頭を過ることすらなかった元旦那の存在が、なぜか今、少しずつ無視できないものになりつつあるということを、私は認めざるを得ないようだった。漠然とした、訳のわからない不安がざわざわと足元から襲ってくる。粘度の高い墨汁が足の裏からじわじわ入り込み体内を迫《せ》り上がってくるようで、この感覚にはいつもゾッとさせられる。

「ねえ光生」

そう肩に手をかけていたのは私だ。ねえ。と追い討ちをかけると、光生はいつも「うん？」と憂鬱そうに振り返った。セックスレスというほどではなかったものの、彼は性的なことに積極的ではなく、セックス自体も単調で淡白だった。結婚二年目に入った頃に避妊をやめたけれど、月に二度程度のセックスでは妊娠はせず、意外と妊娠しないなと生理が来るたびに思うようになって、そうこうしているうちにセックスは月一になってしまった。私の母親は私に対して「子供」という単語を発したことすらなかったし、そもそも私と旦那への興味が全くなかったようだけれど、金沢に住む旦那の両親には、孫を期待している雰囲気があった。都会に住んでいる編集者なのだから、それなりにキャリアを積みたいという気持ちがあることは把握していますよ的なニュアンスをこめて、別に子供が欲しくない訳ではないのよね？　とか、まだ若いんだから、ねえ？　とカマをかけてこちらの意向を引き出そうとされたことは何度もあった。そういう外的要因もあったはずだ。むしろ何が外的で何が内的なのかも分からないけれど、とにかく子供ができなければできないほど、生理がくればくるほど、私は子供への、いや妊娠への欲望を募らせていった。

まずチェッカーで排卵日を調べ、排卵前日から当日にかけてセックスが生じるよう必死に彼を誘導した。タイミング法を使ってセックスをして妊娠する確率は、問題のない夫婦で二十パーセントと言われているため、六回試して妊娠しなかったら検査を勧められるという情報を目にしてから、排卵日前日か当日にセックスをするというミッションを六回こなすことを目標に、私は毎月決まった時期に彼を誘うようになった。でも赤ちゃんが欲しいのに、男を誘惑する色っぽい存在でいなければならないという事実に、激しい矛盾を感じた。私は子供が欲しいのに、妊娠して出産して、小さな赤ん坊を胸に抱きたいのに、どうして、さりげなくボディタッチをしたり、真新しいランジェリーを身につけたり、胸を押し当てたりなどなど相手の気分を害さないよう気をつけながら誘惑をしなければならないのか。正直馬鹿らしかったけれど、性的に淡白な彼が自分からしたがるのは酔っ払った時くらいで、そういう時は途中で萎えてしまうことが多かったため、妊娠を望むのであれば私からの誘惑は必須だった。排卵前日と当日のいずれかにセックスをするというミッションを六回こなす頃には、一年半が経っていて、度重なる性的接触の拒絶と、したくもない誘惑のせいで、私のプライドはボロボロになっていた。

彼が不妊治療に協力的な人でないことは分かっていた。不妊症は大体女のせいなんでしょと言っていたこともあったし、そういうことは自然に任せた方がいいと言っていたこともあった。どうしてあんな人と子供を作りたいと思えたのか、今となっては不思議でならない。私が慎重に機を見計らい、まずは検査に行ってみないかと誘った時、いいじゃん行ってくれれば？　と彼は他人事《ひとごと》のように言った。あなたにも検査をして欲しいと言うと、不妊症は大体女のせいだって聞いたことがあるとか、病院でＡＶ見てオナニーするなんて最悪なんだけど、と怪訝《けげん》な顔をした。彼はよくいる、昭和四十年代生まれの団塊ジュニア世代、中流家庭の専業主婦に育てられた、典型的で無知な男性だった。

結局、二人共に問題があった。私には精子を子宮に通しやすくする頸管《けいかん》粘液というものが不足していて、旦那は精子無力症だった。精子無力症は動いている精子が四十パーセント以下の場合に当てはまるところ、旦那の場合は三十五パーセントだったため、自分はほぼ正常だと言い張っていて、それはまるで不妊の原因はお前にあると言わんばかりの態度でもあった。私は自分が正常かどうかなどどうでも良く、彼が正常かどうかもどうでも良く、ただ子供が欲しかった。

すでに六回のタイミング法で妊娠していなかったため、双方に原因があることが判明してからは、すぐに体外受精に踏み切った。自分にも原因があると分かったせいか、自然妊娠をすでに六度失敗していると診察の過程で知ったせいか、彼も渋々といった様子で体外受精を受け入れた。旦那は協力的ではなかったため全てのスケジュールを自分が管理しなければならなかったし、当時は妊活などという言葉も一般的ではなかったため、職場に不審がられないよう気をつけながら仕事との調整をしなければならなかったし、卵巣刺激の段階から倦怠感《けんたいかん》に苦しみ、排卵誘発剤を使い始めてからは延々吐き続けていたし、注射や採卵、胚移植でも痛い思いをする上、当時は保険も適用外だったため一工程一工程にとんでもない額の医療費を支払った。自分が言い始めたことだからと要求したこともなかったけれど、彼が費用を負担しようかと進言したことは一度もなかったし、彼はきっとあの治療にいくらかかったのか、想像したこともなかっただろう。彼はむしろ、私の酔狂に付き合わされているという態度を取っていたように思う。もちろんそれは、精子無力症という不名誉な病名をつけられてしまったことや、デフォルトマンとして生きてきた彼にとって子供ができないという初めての挫折に対する、一つの抵抗のスタイルだったのかもしれないけれど、私の中にはもはや彼を気遣う余裕などなく、自分はそのフェーズにはもういないのだ、永遠にいじけていろという気分でいた。体外受精を決めてから、私は一切彼を誘惑しなくなった。エロい下着もボディタッチも誘惑もゼロだ。セックスなしで子供ができるのであればセックスに意味はなかったし、前投薬の段階から体調も最低だったからだ。私は何か自分の思考がおかしくなりつつあることを自覚しながら、それでも前に進まなければより恐ろしい地獄が待っている、という強迫観念によって突き進んでいた。

一度目の胚移植が成功して着床が判明した時には、さすがに旦那も喜んだ。彼との思い出は苦々しいものばかりだと思い込んでいたけれど、当然そんなことはなく、結婚して最初の数年はなんだかんだで仲良くしていたし、あの着床を知らされた瞬間からの私たちは、結婚してから最も幸せな時間を過ごしていたように思う。彼からすれば、自分には与えられないものを求められてうんざりしていたのが、とうとう文明の力を借り欲しいものを手に入れて、私がノイローゼではなくなり安寧が訪れた、という感じだろうか。いや、それだけではないはずだ。彼もまた、浮かれていた。エコー写真を見せると、これが頭かな？まだ手とかはできてないの？　この体勢は丸まってるのかな、なんかエビみたいだね。名前が決まるまでエビちゃんて呼ぼうか。と提案したのは彼だった。エビちゃんってなんか海老沢《えびさわ》さんって感じじゃない？　じゃシュリンプちゃんにする？　カクテルは？　シュリンプカクテルのカクテル。そこまで飛ぶの？　じゃテルにしようか。エビこと、テル。彼はそう決めて、エコーに写った胎児を、私が彼を好きになった理由の一つである綺麗な指先で撫《な》でた。

その後も早々に名前の付け方、マタニティ系の本を買ってきたり、女か男か分かるのはいつかと聞いてきたり、つわりが始まると吐いてばかりの私が食べられるもの、トマトやポテトを買ってきてくれたりもした。どうしてもポテトが食べたかった時、旦那が帰り道に買っていくと言ったものの社外にいた彼の帰路にマックがなく、スーパーで冷凍ポテトを買ってきて、自分で袋の裏面を見ながら危なっかしい手つきで揚げてくれたこともあった。油を吸ってしまったのかベチャベチャでマックのポテトには及ばなかったものの、ありがとねと何度も呟きながら、嚙み締めた。彼も満足そうだったし、これだけが手に入らないと絶望し続けていたものがようやく手に入ったという充足に、妊娠した私は打たれ続けていた。

でも、胎嚢《たいのう》も心拍も確認できて、とうとう流産の心配が軽減したと安心したのも束の間、胎嚢の大きさが小さめだと言われてからは急斜面の麦畑を転げ落ちるようだった。毎日毎日産婦人科に行って胎嚢の大きさを測りたかったけれど、三日四日様子を見てくれと言われて、三日目会社にいる最中に出血があり、ボードに打ち合わせと書き込むと会社を飛び出してタクシーでそのままクリニックに向かった。胎嚢の成長が止まり、心拍も確認できないとのことだった。翌週に胎児を取り出すための搔爬《そうは》手術の予約を入れると、私はお腹の張り止めと、止血剤をもらって帰宅した。逐一報告していた旦那は、私の報を受け、すぐに帰宅して私を慰めた。口に入れるもの全てが「赤ちゃんのためになるはず」とがんばってご飯を食べていた私はいなくなり、つわりも収まり始め、私はただただ自分のために存在するだけの自分に戻った。この出戻り感が一番辛かった。会社にいる以外の時間を全て泣くことに費やし、とうとう手術日がきて、私は有給を取って、我が子を搔爬してもらった。

駄目だった。失敗した。私の赤ちゃんは死んでしまった。そう実感すればするほど、私は子供への希求、いやもはや絶対に手に入れなければならないという強迫観念が高まっていくのを感じた。もうそれなしには、私の人生も生活も私自身すらも完成しない。全て欠如したままだ。それが欠けていることによって、全てが破綻してしまう。私はそれを、一刻も早く手に入れなければならない。そうでなければ、私の精神は崩落し土砂となり砂埃《すなぼこり》となり世界中のあちこちに散らばりもう原形を止めることもできないだろう。もはや戦いに赴く戦士のような気分で、私は次の体外受精の予定を立て始めた。幸いなことに、排卵誘発剤の苦しみに耐えて十個以上採卵されていた私には、まだ受精卵が残っていたのだ。

そして三ヶ月空けて行った二度目の胚移植は失敗、三度目も着床せず、再び卵巣刺激からの排卵誘発からの採卵という道筋を辿《たど》る事になる。旦那は私の真剣さに恐れをなしたのか、腐した態度を取ることはなくなったけれど、少しずつ、もう諦めても良いのではないかというテンションになり始めていたし、家にいる間、どことなく心ここにあらずな雰囲気を醸し出していた。実際に、彼は会社に行くと深夜まで帰ってこず、家に帰ってきたと思えばすぐに会社に行った。そしてその忙しさが例の私の大嫌いな作家によるものだと知った瞬間、私は彼への怒りに我を忘れて取り乱した。

私たちが出会ったのは、まさにその高畑翼《たかはたつばさ》という作家が文学賞を受賞した際の二次会だった。文欧社の担当の箱田光生です。名刺を差し出しながら言われた言葉に、私は思わず田んぼに置いてある箱の中から光が漏れ出している様子を想像しながら、浜野文乃です、と答えながら名刺を差し出した。高畑翼は十代で新人賞デビューし、若者のリアルを鋭く切り取る、的な謳《うた》い文句で紹介されがちな作家だった。若い頃に数冊、若者たちの風俗や恋愛を描いた小説が大ヒットしていたけれど、私が担当についた時にはすでに四十代で、インタビューでもトレンドから取りこぼされる苦悩を語っていたのだ。その頃には、自分と同世代のテーマや、老いなどを扱っていて、昔のようにヒットはしないけれど、そここの安定した部数を売れる作家ではあった。

「あの人、私が若いせいか女だからか知らないけど、いつもすごく当たりが強いんだよね。会って話しててもなんか目が笑ってないっていうか、すごく嫌われてる気がする」

結婚してしばらくした頃私は助けを求めるように旦那にそう話した。前々から私が高畑さんに苦手意識を持っていたことを知っていた彼は「まあ少し強めな言い方をする人だよね」と言いつつも、「でも高畑さんは真っ当なことしか言わないよ」と擁護した。

「すごい繊細な人なんだよ。もしかしたら、文乃の堅物なところとか、真面目なところにショックを受けて傷ついてるのかも」

何それと軽い口調で言ったけど、笑えなかった。高畑さんの肩を持つ旦那が、高畑さんの何を知っているのかまるで分からなかったし、なぜそのような擁護をするのか意味が分からなかった。とにかく彼の言い分としては、高畑さんはまともな人であり、まともすぎるが故繊細で、融通がきかず、そのせいで人から誤解されやすいとのことだった。「今の時代まともであるということは、狂気じみているということでもあるからね」。旦那はそう、鼻で笑うように言った。彼はよく、苛立っている私にそういうシニカルな態度を見せ、その都度、私は嫌な気持ちになった。そして高畑さんについて言葉を交わせば交わすほど、私は元々好きではなかった高畑さんへの嫌悪を募らせていった。作風が好きではない、テーマに興味がないということはあっても、この作家が嫌いというのは編集者にとって珍しいことで、内容が露悪的だの売り上げが停滞気味だった頃の作品が無駄に商業主義的だっただのとそれっぽい文句をつけてはいたものの、結局のところ子無しバツ三の誰とでも寝そうな作家の担当を自分の彼氏、あるいは旦那がしているということ自体に私は苛ついていたのだ。

高畑さんが誰とでも寝そうだと思った理由の一つは、とある男性編集者が彼女の話題になった際、「エレベーターに入って二人きりになった瞬間抱きつかれて、でもそれ以上するわけにはいかないから、編集長に頼んで担当外してもらった」と話していたことだ。若い頃売春をしていただの、離婚した男たちからものすごい額の慰謝料をふんだくっただの、どこどこの出版社役員の愛人をやっているだのの噂もあった。でもその後、高畑さんを長年担当していた女性編集者から、実際にエレベーター内で抱きついたのは男性編集者の方で、同じやり口で手籠《てご》めにした女性作家もいたらしいと聞かされた。でもそんな密室で起きたこと、どっちが本当のことを言ってるのか分からないじゃないかと思った瞬間、高畑さんはその時泣きながら私に電話を掛けてきたんですと、彼女は私を軽蔑するような視線で言った。それが高畑さんが何歳の頃のことだったのか知らなかったけれど、三度も離婚するような女がそんなことくらいで怯えるわけないだろう、と私は心の中で嘲っていた。多分あの時、私の心は死んでいた。良心も、人の心も、僅かな理性さえも、死んでいた。ただただ旦那が担当している、四十代半ばのくせに安っぽくエロい雰囲気の女が、許せなかった。

箱田さん、最近高畑さんに付きっきりなんだって？　大丈夫？　私にそう告げ口をしたのは、兼松の文芸雑誌で高畑さんの担当をしていた新山《にいやま》さんという女性編集者だった。新山さん俺のことが好きみたいでさ。付き合うか付き合わないかの頃、旦那がそう話していたのを聞いて以来苦手な人だった。それでも、私たちが結婚してから数年後彼女もできちゃった結婚をして、産休育休後に復帰し高畑さんの担当にも戻った頃、唐突に言われたのだ。

「あれ、聞いてない？」

新山さんの言葉はいつも意地悪に聞こえた。声のトーンが高かったせいかもしれない。でも当時の私には、好きな人などいなかったような気もする。私は旦那さえも、もはや好きではなかったのかもしれない。いつか私のところにやってくる子供、それしか好きではなかったのかもしれない。新山さんがデキ婚をしたと聞いた時も、レベルの低い男女だと心中で嘲笑《あざわら》っていたし、子供の写真を見せる新山さんに「かわいい！」と目を輝かせて歓声を上げながら、彼女の赤ん坊が今すぐ乳幼児突然死症候群で死にますようにと呪った。

「高畑さん最近メンタルヤバいみたいで、箱田さんが結構しょっちゅうお見舞い行ったり、世話してるって聞いて、家庭は大丈夫なのかなって心配してたんだけど」

私は怒り狂った。こんなにも苦しい不妊治療をしてもはやまともではなくなっている妻を放置して別の女の世話をしていることも理解できなかったし、一番許せないのは、彼が「現実逃避をしている」という事実だった。私には一瞬たりとも目を逸らすこともできない「子供ができない現実」があって、毎日毎日毎時毎分そのことを考え続けなければならない。自分が排卵しやすくするために、自分が着床しやすくするために、自分が受精卵を育てやすい体でいるために、あらゆる薬や注射の時間が激しく細かく定められているからだ。そのためにまず仕事の時間を調整する。そうすると仕事が家にいる間も発生するため、家事の時間も調整する。毎時毎分毎秒、私は赤ん坊のために「次に自分がするべきこと」を考えている。テトリスのように効率的に仕事と家事と不妊治療をこなし、的確な行動を取らなければ全てが破綻してしまうからだ。それなのに旦那は採卵当日にシコって精液さえ出していれば他に何もすることはなく、仕事との調整やお金のことも考えることなく痛みへの恐怖もなく、仕事以外は年中好きなことをしてエロいけれどメンタルが弱い、彼が好きな「可哀想な女」である作家の世話焼きに行けるのだ。いや、彼にとって不妊とは、現実ではなかったのだろう。なぜなら彼は強烈に子供が欲しかったわけではなく、別にいなければいないで良かったのだから。ただ検査を受けて指定された日に精液さえ出していれば家庭内に問題が生じないから、そうしていただけなのだ。

現担当の中では俺が一番付き合い長いし、入院手続きとか、必要なものを揃えるのを手伝ったりしてただけだよ。問い詰める私に困惑したように彼は答えた。彼女は家族もいないし、今付き合いが長いのは文律社の保瀬《ほせ》さんと俺くらいしかいないし、保瀬さんは親の介護で忙しいみたいだし。と眉をハの字にする彼を、もはや責め立てる意欲すら喪失した私は、とにかく私に黙って女の許《もと》に通うのはやめてくれ、行く時はちゃんと報告してから行ってくれと忠告した。とにかく自分は不妊治療でいっぱいいっぱいで、人に優しくすることさえできない。そのことは悪いと思っている。私はそこまで言って泣いた。彼は終始困っていて、でも泣く私に指一本触れなかった。私は高畑さんの担当を外してもらうべきだと思った。不妊治療で生き延びられるかも分からない台風の渦中にあるような状態で、また別の台風に心を乱されるのは、もう耐えられなかった。当時あらゆることに、私はもう無理だという感想を持った。そして大丈夫になるために、ひたすら赤ん坊を待ち続けた。もうそれしか、私に残された道はなかった。私は常に欠けていて、赤ん坊だけが足りなかった。

二回目の採卵は、一回目の採卵の時よりも強い薬を使って卵巣刺激をし、自然排卵を停止させた。別に嫌な気持ちにさせるつもりがないのは分かってはいるものの、医者は四十前後の人に使う薬だと言っていた。不妊治療を始めなければ、私はこんな気持ちは一生味わわずに死んでいったに違いない。なぜこんなことをしなければならないのか、自分でも不可解だった。無邪気に妊娠を待ち望んでいた、タイミング法すら試していなかった頃の自分は、こんな未来が訪れるとは思いもしなかったし、今の私にはもう、あの頃の自分が信じられなかった。妊娠して舞い上がっていた頃の自分も、信じられない。不妊という言葉を意識するようになってから、自分が信じられなくなることばかりだった。私は、私を信じない。自分を守るために。私はそんな、自分のためなのか自分のためではないのかもよく分からないことを実践していた。

「高畑さんが死んだ」

リビングに足を踏み入れた瞬間、その場に立ち尽くしたまま寝起きと思しきボサボサの頭をした旦那はそう呟いた。えっ？　トーストを無理矢理口に詰め込むように食べていた私は、咀嚼音で旦那の声が聞き取れず聞き返した。

「高畑さん、亡くなった」

旦那は再び、弱々しい声で呟いた。よく見ると、彼は涙ぐんでいるようだった。唾液の中で溶けていく小麦を感じながら、高畑さんが亡くなったという事実にどこかでホッとしている自分がいて、でもどうしてよりにもよって今日なんだと、苛立っている自分もいた。

「それで、え、どうするの？」

私がどうするか聞きたいのは、今日は採卵日であり、彼の採精日でもあるということだった。でも彼が答えたのは、今日がお通夜で、明日がお葬式、今担当たちで係を決めてるところだと思う、多分、もう文乃のところにも連絡来てるはずだよ、というどうでもいい話だった。

「え、今日採卵と採精の日なの覚えてるよね？」

彼はギョッとしたような顔を見せ、文乃は俺に、今日病院でオナニーしろって言うの？と私をじっと見つめながら聞いた。

「もし行くのが無理なら、一時間以内に持って来れるなら問題ないって言ってたから、最悪私が持っていくんでもいいよ。もしもの時のために容器ももらってあるし。今日精子が採れないなら、卵子は凍結することになる。でも卵子だけよりも、受精卵の方が融解後の復活率が高いらしいから、受精率を考えたら今日の方が絶対いい」

本気かよ。彼は心底驚いたような顔をしていたけれど、私もまた、心底驚いていた。私がここまでお膳立てしてきた不妊治療の要となる日を、他人の自殺によって脅かされるなんて、考えもしなかった。今日は私たちの卵子と精子が受精する予定で、それがなければ胚移植もできないのだ。

「本気かよって、こっちのセリフ」

私たちは黙ったまま睨《にら》み合った。彼はモンスターを見るかのような、信じられなさを滲ませた、どこか演技じみた表情を崩さぬまま、手の中で鳴り始めたスマホを見やって、はい箱田ですと言いながら寝室に戻って行った。もう、私のスマホも鳴っているのかもしれない。私は付き合いのレベル的に、お通夜かお葬式のどちらかに参列すれば済むだろうと思うけれど、数が集まらなければ弔問受付などを担わされる可能性もなくはない。高畑さんは両親も他界していて、きょうだいもいたかどうか記憶は曖昧だったし、子供もいない。だから嫌なんだ。私は高畑さんのように天涯孤独で自殺をして担当たちの手を煩わせるような存在になりたくない。そんなの絶対に嫌だ。もしかしたら、旦那は採精が嫌で、だから高畑さんの死を聞いた時、これで採精から逃れられるとホッとしたのではないだろうか。ベッドの中、今日は疲れてるからと断って、私が引き下がった時と同じ表情で、あー助かった、と思ったのではないだろうか。彼は、私との子供など作りたくないのではないだろうか。だってこれまでも彼はずっと非協力的で、消極的で、治療に関して何一つ自分から提案したことはなかった。そう合点すると、両腕が震えた。手足がガクガクと痺《しび》れたような感覚のまま、私は自分の両太ももを拳で脇から何度も叩き、勢いよく突き進む。流産しそうだ。妊娠してもいないのに私はそう感じていた。こんなんじゃ、流れてしまう。あまりの混乱に、奇妙な不安に急き立てられていた。寝室のドアを生涯で一度も立てたことがないほど大きな音を立てて開くと、彼は驚いた表情で振り返り、耳に当てていた電話を下ろした。

「ふざけないで！　ここまで私にばっかり辛い思いさせて、全部私に押し付けて！　あんたはオナニーして精子出すだけのことができないの⁉　もうこれはそんな次元の話じゃないんだよ！　そういう域はとっくに超えてるんだよ！　いい加減分かってよ！」

言葉の途中で彼は慌てたようにスマホを操作した。電話を切ったのだろう。私が必死で進めてきたプロジェクトが危機を迎えているのだから、優先すべきはもう死んでしまった担当作家ではなく、私の、私たちのプロジェクトに決まっている。それなのにどうして話したところで生き返るわけでもないくだらない女の葬式について担当同士で電話なんかしていられるんだ。

「弔問の受付とか、葬式の人手なんて、そんなのバイトにやらせればいいじゃん！　どうして家族でもないのに担当たちがああだこうだ言って責任者ですみたいな顔してるの？　光生の責任は、精子を出すことでしょ？　光生の精子を出すことは、光生にしかできないんだよ？　本当に絶対に無理って言うならもう光生なんかいらない！　そこらへんの男の人捕まえて精子だけもらって届けてくる！」

旦那がブチギレて、分かったよじゃあ出してやるよ！　と突然ボクサーパンツを下ろしていきなりシコり始めたらどうしようと思ったけれど、そうしたら、今出されても採卵終了は一時間以上後だからもうちょっと待って！　と止めなければならないとも思っていた。そんな冷静なのか狂気なのかよく分からない思いとは裏腹に、私は泣きじゃくって、顎から涙をぼろぼろ滴らせていた。

「もう無理だ。俺は文乃と生きていけない」

彼は普通の人間だった。分かったよシコってやるよ！　とシコり出すような人ではなく、狂気じみた私に愛想をつかす、普通の人だった。私はどこかで、そういう彼のことをつまらないと感じていたのかもしれない。ただ普通のよくいる、女には自分より役職も年収も知性も少し下であって欲しいつまらないデフォルトマンである彼に、うんざりしていたのかもしれない。あるいはこれは、私と旦那が試されている、チキンレースのようなものだったのかもしれない。SAWとかキューブみたいに、こんな状況になったらどうする？ とトンデモ設定に放り込まれる脱出系ホラー映画だったのかもしれない。私は一体どうして、好きだったはずの人とこんなふうに子供を巡って言い争い、理性を喪失し、本来あるべき場所から転げ落ちてしまったのだろう。私の世界に、ホールデンはいなかった。誰も抱き止めてなどくれない。転げ落ちたら真っ逆さま。崖から落ちてぺっちゃんこだ。

「じゃあもう、子供はいらないのね」

「もう、そういう次元の話じゃないよね」

「元々私だけがこの子供ができない世界線にいて、あなたは別の世界線にいた。大変なことは全部私、光生は高畑さんのお見舞いごっこをしてた」

「文乃はどうかしてるよ……高畑さん亡くなったんだよ？ 意味分かるよね？」

「光生は幸が薄い、可哀想な女が好物だもんね。今にも死にそうな高畑さんを介抱して、精神的オナニーをしてたんじゃない？ 私がもらうはずの精子を、高畑さんで消費してたんじゃない？ 本当に可哀想なのは私なのに、光生は一瞬だって私のために、子供のために人生を、生活を明け渡さなかった」

「文乃がそんな人だとは思わなかったよ」

「私も、あなたがそんな人だとは思わなかったって、結婚してからずっと思い続けてた。ずっと寂しかった。この結婚生活の中で、数限りある希望を、私の心に咲く数少ない花を、ケンケンパみたいに遊び感覚で全部踏み潰されていったっていう、そういう気持ちしかない。今、私の中に花が完全になくなった。私の心にはもう花は咲いてない。多分もう二度と、花は咲かない」

とにかく、一旦冷静になった方がいい。旦那はそう言って、寝室のクローゼットを開けて着替えると、カバーに入った恐らく喪服を持って、無言のまま出て行った。旦那こと精子がなくなっても尚、私は採卵の予約時間を考えて早く支度しないとと焦っていた。私は本当に採卵をするのだろうか。馬鹿みたいだった。全てが滑稽で、現実味がなかった。子供ができにくいと、検査をせずとも漠然と認識してから、ずっと浮遊しているようだった。どこか地に足がついていないようだった。だから早く地に足をつけたくて、私はあんなにも、必死に赤ん坊を求めていたのかもしれない。どうしたらいいのか分からず、私はタクシーを呼ぶべきか、予約をキャンセルするべきか、迷子になった子供のように誰に助けを求めたらいいのかも分からず、寝室に一人立ち尽くしていた。

結局、私は採卵に向かったのだった。ふわふわした気持ちのまま卵子を五つ採ってもらい、そのまま凍結保管をお願いしたものの、夫はその日、家に帰ってこなかった。翌日、高畑さんのお葬式で顔を合わせた瞬間、彼が怯えた表情を浮かべたのを見て、もう駄目なんだろうなと思った。事実、彼はそれ以降私と一対一で会うことを避け、確実に私のいない編集会議の時間に荷物を取りに来て、家を出ていった。全てが空っぽだった。あんなに欲しかった子供ももう欲しくなく、旦那への執着や怒りも、綺麗に灰色に焼け焦げた紙みたいに、手でつかむこともできないくらい、脆く消え去った。
　翌週、卵子の破棄を依頼した。憑《つ》き物に憑かれていたのではないかと思うくらい、私は子供への意欲をなくし、元々の子供が嫌いだった頃の感覚を取り戻した。明らかにとち狂っていた。ホルモンのせいなのか、義両親からのプレッシャーのせいなのか、作ろうと思えばすぐにできると思っていた子供ができなかったせいなのか、よく分からない。でも、あの一度の妊娠がなければ、私はもう少し、冷静でいられたのではないだろうかと思うことがある。一度は手に入ると確信したものを喪失するという体験により、最後の理性が損なわれた気がしてならないのだ。そんなことは、どうでも良いことでもあった。私は人生最大の欲望を持ち、そしてそれが叶わず、永遠に何も持たない人間になったのだ。全ての意欲を喪失した上、どんなシチュエーションであったとしても旦那に会いたくなかった私は異動願を出し、経理に異動し、粛々と仕事をした。仕事と生活だけで日常をいっぱいにした。そして旦那が出ていって一年が経った頃、そろそろこの家賃の半額を払うのをやめたいという連絡と、離婚届が送り付けられた。

　離婚から十年。私はロボットのように生きてきた。欲しがらず、遊びもせず、はしゃぐこともなければ羽目を外すこともなく、快楽主義の人たちから見れば何が楽しいのそんな人生と言われるような生き方をしてきた。私からしてみればそれは大して禁欲的というわけでもなく、普通の生活ではある。欲しがりません勝つまでは。という日本的な気持ちの悪い標語があるけれど、私に当てはめれば、欲しがりません負けたので、だろうか。では私は敗戦国のようなものだったのだろうか。そもそも本当に自分が子供が欲しかったのか、今となってはよく分からないのだ。なぜあの時あんなにも、磁石が引き寄せられるように狂ったように不妊治療に邁進していたのか、分からない。私は今本気で、子供を見ると身の毛がよだつのだ。どうして一瞬でもあんなものが欲しいと思えたのか不思議でならない。でも実際に、個人的に本当に欲しいものなんて人にはないのかもしれない。その時々に置かれている環境、自分の立場、ホルモンなども含めた体のバランス、そういったものが合わさった結果として「恋人が欲しい」「子供が欲しい」「お金が欲しい」「権力が欲しい」となるのであって、結局のところ、許せないものはあったとしても、手に入れなければならないものなど、人間にはないのかもしれない。あるいは、許せないものを許さないために、何かを手に入れたいと思うことはあるかもしれないけれど。

時間は二時五十三分で、私が眠りについた直後くらいの時間にまさかさんからLINEが入っていた。「この世界には二つの世界があります。歩いていたらもしかしたら浜野さんに遭遇するかもしれない世界と、絶対に遭遇しない世界です。東京だったらあり得る可能性が、ここにはありません」。だから寂しいとか、寂しくなるとかそういう話ではないのか、とクスッと笑いながら、私はようやく一息つけたような気分になって、一瞬だけ鳴らしてみようかと気の迷いで音声通話のボタンを押してしまう。LINE通話を人に掛けたのは初めてで、呼び出し音にガチャガチャした激しい音楽が流れることにビビってキャンセルをタップしようとした瞬間、はい、とまさかさんの声が聞こえる。

「あ、すみません。こんばんは」

「こんばんは。すごいですね。今おやすみなさいLINEをしようと思ってトーク画面を開いたらちょうど既読がついて、返事来るかなって思ってたら通話が掛かってきたのでもうびっくりして……」

「すみません、こんな時間に。あの、LINEの呼び出し音って皆こうなんですか？　ものすごく激しいロックみたいな音楽が流れたんですけど」

「あ、それは僕が設定してるんです。LINEは自分に掛けてきた人に流れる呼び出し音を設定できるんですよ。これはチキンシンクの十五年くらい前に出した『予感ＹＯＫＡＮ薬《や》缶《かん》』という曲です」

「そうだったんですね。LINEは世界共通でこの曲が流れるのかと思ってびっくりしました」

「世界共通でチキンシンクの曲が流れたら嬉しいですね。今日はあれですか？　眠れなかったんですか？」

「いえ、一度普通に寝たんですけど、目が覚めてしまって、何だかすごく嫌な気分で。私時々あるんです。不安発作みたいな。夜中に突然不安になって止まらなくなること」

「そうなんですか？　大丈夫ですか？　夢見が悪かったとかそういうこととは違うんですよね？」

「あ、今日はちょっと金縛りみたいな感じでもあったんですけど、普段は違います。普通に多分なんか、自律神経失調的なものか、パニック発作に近いものかと思います」

「え、そうなんですか？　何か病院とか行った方がいいんじゃないですか？　僕よかったら、周りにいい病院とか先生知ってる人がいないか聞いてみますよ」

「いや、いいんです。ていうか、付き合い始めたばっかりなのに、こんな話してすみません。引きますよね」

「あ、大丈夫です引きません」

「そうですか？　メンヘラ女無理ーとか、引くわーとかないですか？」

「ありませんよ。言ったじゃないですか僕は父親痴漢で母親ガチカルト勢ですよ。そんなナチュラルボーンシットが人の具合が悪い話に引くとかあり得ません」

「そうですか？　でもまさかさんの話は、ご両親の話であってまさかさん自身の話ではないじゃないですか」

「じゃあ僕の具合悪い話しますけど、僕実はいぼ痔《じ》なんですよ。一時期激辛料理にハマって延々食べ続けてた時期にお腹壊し続けていぼ痔になって、最初は急性って感じだったんですけど、どんどん慢性化してきて、しょっちゅういぼをワセリン塗った指で押し込んでます。手術したら一週間以上入院が必要らしいので、ライブの予定が二週間くらい空いてる時に手術をしようって決めてから二年くらい経ちます。立派な慢性いぼ痔です。引きますか？」

「あ、別にですね。ていうか、痔の手術って意外と入院長いんですね」

「そうなんですよ。意外ですよね。まあ肛門は全ての生き物の核ですからね」

「今も激辛料理は食べたりするんですか？」

「まあ、たまにここぞという時はどうしても食べてしまいますね。まあ、僕は爆弾を抱えていて、ドクターストップがかかっている身なので頻繁には食べませんけど、お店に攻めてる感じの激辛メニューがあった時とか、激辛フェスに行ったりした時とかには食べてしまいますね。浜野さんはお好きですか？」

「私はこう見えて、意外と辛いものが好きなんです」

「本当ですか？　じゃあ今度一緒に行きませんか？　あ、でもドクターストップでそう頻繁には行けないので、激辛の何を食べに行くかはちょっとしっかり考えたいと思います。ちなみに何かリクエストはありますか？　激辛◯◯が食べたい！　みたいな」

「中華もいいですし、激辛ラーメンとかも気になりますね」

「あーラーメンは素晴らしい選択ですね！　でも激辛ラーメンで一杯選べって言われたらすごく悩むなあ。激辛ラーメンは特に都内は粒揃いなんですよ」

「そういえば、今日まさかさんは何を食べたんですか？　今日は名古屋でしたよね？」

「今日は対バン相手とやっすい居酒屋行きました。一応シメにひつまぶしがあったから食べたんですけど、もう鰻《うなぎ》が寸分違わずゴムでしたね。ゴムっぽい鰻か、鰻っぽいゴムかと言われれば皆鰻っぽいゴムって言うくらいゴム感強めゴムでした」

それゴムですねと声をあげて笑いながら、枕元のライトの調光を強くする。時間は三時を過ぎていて、外は静まり返っている。

「まさかさん」

「はい」

「外がすごく静かで、なんだかこの世界には私たちしかいないような気がします」

ロマンティックなことを言ってしまった気がして恥ずかしくなったけれど、「こっちはたまに廊下から外国人観光客のワッツァップメーン！　的な大騒ぎが聞こえるんですよ。だから今この世界には、僕ら二人と、夜遊び好きな外国人観光客たちしかいません」とまさかさんは穏やかに言う。あれだけ欲しい欲しいと自分の欲望に振り回されて、振り回されて振り回されてハンマー投げみたいにビューンと遠くに飛ばされて気絶してその場でへたり込んでいた私が、あの五つの卵子を破棄してくださいと依頼して、無気力に陥ってから十年以上経った今、初めて報われた気がした。

「あ、浜野さん聞いてくださいよ。551にはなんとラーメンもあるらしいんです。知ってましたか？」

「え、知りませんでした。それはちゃんとしたラーメンなんでしょうか」

「それはもちろん、天下の551が遊びでラーメンを出すはずがないので、安心していいと思いますよ。僕の551への信頼は厚いんです。シメに買っていこうかなと思って」

「それって、多分麺とスープだけのやつですよね？　じゃあ私、チャーシューとかメンマとか、具材を用意しておきますね」

「本当ですか？　ありがとうございます！　いやー嬉しいなあ。もう土曜を心待ちにして帰京まで頑張ります」

「私も、楽しみにしてます。なんか不安の渦に巻き込まれるような気分で目が覚めて、すごく嫌なこととかも思い出して、もう抜け出せないような気持ちになってたけど、すっかり気持ちが楽になりました。勇気出して電話かけて良かったです」

「僕にはいつでも勇気出してください。ライブとかで出れない時は、終わった後すぐかけ直します。LINEも全然遠慮なく、いつでも送ってください。勇気出さなくても電話ができるくらいの関係に、早くなりたいです」

「多分それは結構かかりますよ」

「本当ですか？」

「私、人間関係一から全てリハビリなんで」

「大丈夫です。僕ら、もちろん浜野さんは美しい人ですし、年齢がどうこうとか考えたことはないんですけど、僕らあとはもう自分にできることをして老いていくだけです。家のことも子供のことも義実家のことも考えなくていい。渡り鳥が渡り鳥に出会って、ちょっと疲れたから死ぬまで一緒に飛ばない？　ってナンパしたみたいなもんです。この歳の僕らにできることはあんまり多くはないかもしれませんけど、死ぬまでまだ、結構時間はあるはずです。美味しいものを食べたり、お酒を飲んだり、深夜目が覚めちゃった時に電話することも、僕らにはまだまだできます。そのうち脂っこいものとか、辛いものはめっきりだめになっちゃったり、お酒はお茶とか、白湯《さゆ》とかになっちゃうかもしれないし、毎日四時とかに目が覚めるようになるかもしれないけど、今は今できることを、していきましょう」

「そう、ですね。一緒に生きていくと思うと重いけど、一緒に老いて潰えていくんだと思うと、気が楽になります。何も成し遂げなくていいんだって、ただ朽ち果てていくんだって思うと、樹みたいで穏やかに生きていけそうです」

ありがとうございます。そう言いたかったけれど、そう言ったら何かが崩れてしまいそうで、私は口を噤《つぐ》み、待ってますねと呟いた。土曜日、待ってます、もう一度呟いた。待っててください！　と言ったまさかさんの後ろからガヤガヤと声がして、外国人観光客たちがワイワイしながら廊下を歩いているのが分かった。寝られそうですか？　と聞くと、頑張ります！　とまさかさんは中学生が部活動を励まされたような声で答えた。

浜野さんの部屋はきっとすごく簡素なお部屋だと思ったんですよー思った通りでした。平木さんは言いながら、お土産ですと一度渡したものの、包みを開け戸惑いからどう反応するべきか悩んでいた私から取り上げたアヒル隊長の親玉と三匹の子をラックに並べにかかった。私にはアヒルを飾る趣味はないんですけど、と精一杯の抵抗を口にすると、アヒルを飾る趣味がない人だからアヒルをプレゼントしたんじゃないですかと平木さんは言い返した。

「確かにめっちゃ殺風景ですね。実用的なものしかないっちゅーか、カプセルホテルが大きくなったみたいな部屋っちゅーか」

金本さんはそう言って、私に四合瓶の日本酒をお土産ですと手渡した。どこか美味しいチャーシューを売っているお店は知りませんか？　と平木さんに聞いてしまったが最後、えっチャーシューで何するんですか？　おうちラーメンですか？　それともおうち炒飯《チャーハン》ですか？　それとも意外なところでちまき……？　と勘繰られ、仕方なくまさかさんが大阪で551ラーメンを買ってきてくれるんですと告白すると、それは私たちも参加しなきゃですねまさかさんに四人前買ってきてくれって言っといてください、と通告された。最後の一人は金本さんですか？　と聞くとそうですけどと怪訝そうに言われた。今まさかさんとライブで巡業中の金本さんのために、まさかさんにラーメンを買ってきてもらうのは不思議な気分だった。

「すみません平木さんに551作戦がバレてしまい、金本さんと平木さんの分も用意するようまさかさんに伝えろと言われました。最悪バックれてまさかさんのお家などで開催でも良いですがいかがしましょう？」

そう聞いたところ、まさかさんは「いいですよじゃあ全部四人前買って行きますね。金本にも手伝ってもらいます！」と二つ返事でＯＫされた。パーリーが二人でなくなったことに、若干ホッとしている自分もいた。そして、平木さんから教えてもらったラーメン屋のチャーシューは、売り切れ次第終了とのことで、労務にきてからホワイトボードに初めて嘘の「打」を書いて十一時の開店前に並んで入手した。退社までエレベーターホールの隣にあるカフェスペースの冷蔵庫にチャーシューを入れておいたけれど、何か悪いものを隠し持っているようなドキドキ感があって、退社まで落ち着かなかった。

金属製の蒸し器でも買ってフライパンで蒸しましょうかとまさかさんとは話していたけれど、金本さんが中華せいろを持ってきてくれたため、一気に本格度が増した。

蒸し器でホクホクに蒸した焼売は、正直これまで食べてきた焼売を全部ひとまとめにしてぶっ飛ばすくらいの美味しさで、ホフホフしながら皆無言で食べ進めていく。このメンツは絶対に昼からでも飲むはずと見込み、私が用意しておいた青島《チンタオ》ビールと紹興酒は、次々グラスに注がれ、飲まれてはまた注がれていくのを見ていると、何だか充足感があった。そういえばそもそも、人のために具体的な何かを用意するのは久しぶりだった。仕事相手が返信をしやすいようにとか、こちらとの連絡が負担にならないようにとかの気遣いは日常的にしているけれど、物を用意するというのは、反応が見えるし実際にどんなふうに消費、受容されるか目に見えるのがいい。そう考えると、アヒル隊長にだってもう少しいい反応を見せるべきだったのかもしれないと、微かに後悔が襲う。

「関西のライブはどうでしたか？」

「まあぼちぼちやな！」

「金もんに聞いてないし。まさかさんに聞いてるんだし」

「関西のお客さんはノリがいいので、非常に美しいモッシュピットが作れましたね。あと、MC中めっちゃ絡んでくる人が多くて金本が大変そうでした」

「あの、私チキンシンクのライブすごく楽しかったんですけど、どうしてあんな色々なモッシュピットを作ることに心血を注いでいるんですか？」

「いや、心血を注ぐというほどのことはしてませんけど、うーん、何と言ったらいいんでしょうね。人は太陽があるから生きられると思うんです。日照時間が少ない国にはうつ病患者が多いとよく言われるように、メッセージ性とか、信念とかもないけど、あればそれだけで、少し生きる方向に気持ちが向かう。そういうものに僕はなりたくて。だからモッシュピットを作りたいんじゃないかなと」

なるほど、と言いながら、不可解な部分と理解できた部分と両方ある気がするけれど、うまく言葉にできない。まさかは陰キャなんやけど、生命力強め陰キャなんよねと、フォローなのか金本さんが補足する。

「ああ、確かにまさかさんって太陽神アポロンみたいですよね」

三人にポカンとした表情で見つめられ、羞恥心で顔が熱くなる。

「いや、あの、アポロンは、詩歌、音楽の神でもあるんですよ」

「ありがとうございます。今まで生きてきて人から言われた中で一番嬉しい言葉です」

まさかさんは嬉しそうだったけれど、平木さんと金本さんは顔を見合わせて首を傾《かし》げていた。そろそろ豚まんもええんちゃう？　金本さんが言って、キッチンに向かう。豚まん豚まん！　と平木さんも立ち上がり、私はテーブル越しにまさかさんと見つめ合う。このダイニングテーブルを買うとき、椅子は一つでいいのにと思いながらもセット価格の方がお得だったし、一脚だと独房感が強まってしまうため二脚の方にしたのだ。ここで一人暮らしを始めてから十年必要なかったのだから全くもって必要なかったとも言えるけれど、いつも延々埃を被っては掃除されるだけの椅子に、今日まさかさんが初めて座ったその様子を見て、買っておいて良かったと十年越しにほっこりした。平木さんにはデスクチェアを引っ張ってきて、金本さんには今日に間に合う配送スケジュールの折りたたみ椅子をAmazonで適当にポチった。思った以上にコンパクトで、なかなか大柄な金本さんは平木さんに代わってくれと何度も頼んでは断られていた。

「あれから、体調は大丈夫ですか？」

「大丈夫です。突然すみませんでした。まさかさんと話せて、ほっとしました」

「いつでも連絡してください。東京にいる時なら、駆けつけます」

豚まんですよーとモクモクと湯気のたつお皿を自分の顔の脇に掲げながら持ってきた平木さんに、おおー、と声をあげる。小麦の甘い香りと肉汁のふくよかな香りが混じり合って、どっと唾が湧き出してくる。いい大人が四人して熱々の豚まんをハフハフうふふと食べている姿は、周りからは少々異様に見えるかもしれない。悲しき中年、と思われるかもしれない。でも私はこうとしか生きられない人生を送ってきて、その結果としてある今を、否定的にも肯定的にも捉えていない。夏になって何で暑いんだと言われても、冬になって何で寒いんだと言われても困るように、こうとしかあり得なかったんだと言い切れる。

あつっ、はふっ、んまっと何か病気で弱った動物のような偏った動きでがんばって発信しようとするまさかさんに笑っていると、平木さんがこれ一人一個ですか？　私まだまだ食べれるんですけど。と口の中に豚まんが入ってる状態で所望し、金本さんがもう一個食べる人ーと聞いてまさかさんと私は黙り込み、金本さんは二つ蒸しに行った。

「平木さん、あの、ラーメンもあるんですけど」

「え、ラーメンて夕飯用じゃないんですか？　夕飯用ですよね？」

金本さんも振り返って、ラーメンは夕飯よな？　と同調して、私とまさかさんは狼狽《うろた》えつつ「まあ」「それでもいいですけど」「でも夕飯まで……？」と囁《ささや》き合う。私は彼らが、ご飯を食べたら割とすぐに帰るのだろうと思い込んでいたのだ。この間十二時間以上平木さんのお家にお邪魔してしまったくせに、自分の家からは人がすぐに帰るものと思い込むその自分本位さに気付かされ、私は少し恥ずかしくなる。

「あ、じゃ夕飯の時間までスケボーしましょうよ。お腹空かせて、ラーメンに挑みましょう」

「えっ、スケボー？　どこでですか？」

「近くにストリートスポーツ公園があるの知らないんですか？　私浜野さんちの住所聞いてテンション上がったんですよ。ずっと行ってみたかった公園なんです！」

「でも、ボードはどうするんですか？」

「あ、大丈夫やねん。貸し出ししてるんよ。ま、ほんまは自分のボードの方が滑りやすいんやけどな」

「え、金本さんもスケボーやるんですか？」

「俺十代の頃アメリカに留学してスケボーばっかやってたてん」

あ、なるほど、と呟きながら、彼らの行動力に呆れる。私は人が家にきてご飯を食べるというのは、それはもう一大イベントで、年一もない、くらいの一大だと思っていたのに、彼らはその上初めてのスケートボード場でスケボーをして、夕飯のためにお腹を空かせようとしているのだ。もはやあっぱれだ。

「なるほど、では、どうぞ思う存分滑ってきてください」

「えっ、浜野さん滑らないんですか？」

「私が滑るわけがないでしょう」

「えー私浜野さんと一緒に滑りたい！　この間私のこと友達って言ってくれたじゃないですか」

「そもそも私ジーンズとか持ってませんから。仕事着と部屋着用のスウェットしか持ってないので」

「はっ？　じゃあ遊びに行く時は何着るの？」

「遊びには行きませんが、行くとしたら仕事着で行きますね」

「じゃあ土日家で過ごす時は？」

「スウェットですね。夏用冬用の二種類、両方とも二枚ずつ揃えてます」

「言われてみれば、浜野さんいつも会社に着てきてる服と同じだ」

平木さんは私を指さして怪訝そうに言う。

「私が先ほどから主張しているのはそういうことです」

「えーこわ……」

「恰好いいですね。僕はその浜野さんの簡潔さ、とてもいいと思いますよ」

緑のサテン生地のシャツに、胸元に黒い大きな星マークの編み込みがされた、ベージュやピンクや黄色が入り混じったミックスカラーのオーバーサイズニットを重ね着しているまさかさんが言う。お尻の下まである長いニットの下にはレギンスしか穿いていないようだ。

「じゃスウェットでいいですよ。その仕事着ではちょっとさすがにスケボーはできないと思うんで、スウェットに着替えてください」

「いや私上着もロングのチェスターコートしかないので絶対無理です」

「あ、もし良ければ僕のレザージャケットをお貸ししますよ。前も言いましたが僕はこう見えて暑がりなので」

「いやいや、全然もう、お気になさらず」

「やだ。私浜野さんとスケボーがしたい!」

「僕も浜野さんの初スケボーに立ち会えたら幸せです」

「いやいやもう皆めちゃくちゃですよ。スウェットにレザージャケットを着た四十女がスケボーしてたら怖いでしょ？　怖いんですよそんな、スウェットにレザージャケットを着た四十女がスケボーしてたら！」

なんで二回言ったんですかと平木さんが爆笑して、金本さんとまさかさんも堪《こら》えきれないという感じで声をあげて笑った。とにかくスケボーをやりたくなくて必死だった。

後生ですから！　となんとかスケボーを諦めてもらい、私とまさかさんは二人がスケボーをしている間サイクリングをすることにした。自転車ならいつもの仕事着でもギリ乗れそうだったけれど、ロングコートで自転車は危ないですよとまさかさんに言われて、仕事着にレザージャケットというチグハグなコーデで外に出た。休日に人と外を歩くのは変な気分だった。そもそも、平木さんに言われるまで、割と近くに大きい公園があるなとは思っていたものの、スケボーができる施設や、自転車の貸し出しがあることも知らなかったのだ。

浜野さんちょっと見てってくださいよ！　平木さんは逆上がりができるようになった子供のような無邪気さで言って、スケボーを借りるとすぐに片足で地面を数回蹴って走り始めた。土日と言えどさほど人は多くなく、広場を走り回る平木さんは水族館で悠々と泳ぐ魚のようで、思わず「すごーい」と歓声をあげてしまう。

「平木さん、足の下にスケボーがくっついてる生き物みたいですね」

「確かに、なんか元の姿に戻った感がありますね」

「でもなんか、普通に乗れてはいるけど、あんまりうまいって感じじゃないですね」

確かに、と呟き、私たちは笑い合う。金本さんはスケボーごとジャンプする技とか、前輪と後輪の間を階段の角に着地させ一瞬静止する技を繰り広げていて、その体格からは信じられないような軽やかなスケーティングを披露すると、湾曲した長い板の端に立った。

「あれ、よく見るやつですね。何ていうんですかね？」

「あれはいわゆるハーフパイプの一種で、ミニランプっていうセクションです。湾曲を利用してジャンプしたり、派手な技ができるので人気なんです」

「もしかして、まさかさんは経験者ですか？」

「金本に勧められて何度かやったことがありますけど、もう十年くらいやってません」

「私は見ているので、良かったらまさかさんも滑ってきてください」

「あ、いいんです。最後にやった時に腰打って立てなくなってライブ飛ばしちゃって、だからもう二度とやらないって決めたんです。まあまあ練習したけど結局ずっと走ることしかできなくて、技は一つもできなかったし」

「尾骶骨骨折といい、まさかさんは結構体を張ってますね」

確かに、とまさかさんは笑った。金本さんはミニランプを走ってジャンプして、を何往復も繰り返している。タイヤのゴロゴロいう音、ボードがミニランプの角に当たる音、着地音など、普段聞き慣れない音が飛び交って、それだけで非日常感が押し寄せてくる。しばらく平木さんと金本さんを眺めると、私たちはサイクリングに向かった。

久しぶりの自転車にサドル調節をして乗ると、あまりに久しぶりで足をぐるぐるさせるその動きにすらノスタルジーを感じる。公園内は人が少なく、どこもかしこも青々しくて、ざわざわと枯葉が擦れる音が延々続いている。たまに聞こえるのは子供の声、それを追いかけるようにして届くおそらく親の声、犬の喧嘩と、風に揺れる木々の軋むような音。枯葉の煙っぽいような匂いと、土の匂い、体をすり抜ける冷たい空気。あまりに久しぶりの自然に、外に、世界遺産レベルの景色を見たような感動を覚える。

「自転車乗るのっていつぶりですか？」

「あ、僕は駅から徒歩二十分の限界つつじヶ丘民なので、実はめちゃくちゃヘビーユーザーなんです。駅の駐輪場契約勢です」

「そうなんですか？　じゃあもう日常って感じなんですね」

「いやでも、乗り慣れてない自転車だし、浜野さんと一緒だし、今日は非日常サイクリングです。浜野さんは久しぶりなんですか？」

「そうですね、大人になってからは初めてかも。いや、一回だけ、ハワイに行った時にホテルに自転車があって自由に使えたので、乗ったことがありました」

「ハワイですか。いいですね。元旦那さんと行かれたんですか？」

「はい。ちらほらと国内旅行はしたけど、夫婦で海外は、あれが最初で最後だったかな」

「夫婦か、なんか素敵な響きですね。でもなんとなく、異次元的な響きでもありますね」

「まさかさんは、結婚についてどう考えてる人ですか？　あ、これはするとかしないとか、したいとかしたくないとかじゃなくて、フラットにどう考えてますかって意味です」

「うーん、まあそんなに多くは考えていないというか、自分がするものと捉えたことがなかったので、他人事感があるというか。まあ、『いいね！』って感じですかね」

「いいね！　ですか」

「人が結婚したって聞いたら、いいねボタン押すよね、って感じです。でも、しない人に良くないねボタンを押すことはないし、自分がするしないとかはあまり考えたことがなかったので、しない方が普通の状態に近い気もする、というか」

「じゃあもしもですけど、正直私は結婚とかもうしたくないんですけど、もしも、もしも私が結婚をしたいって言ったらどうしますか？　普通じゃなくなるのが嫌だから、ちょっと良くないね！　って感じですか？」

「いや、そしたら一緒に普通じゃなくなりましょう！　って感じですね」

自転車を漕《こ》ぎながら、あははと笑う。公園は広く、いつまででも自転車に乗っていられそうだったけれど、十分ほど漕いだところで、ドッグランがありますよ！　というまさかさんの言葉で、私はようやくブレーキをかけた。あの犬なんて種類でしたっけ、シュナウザー何とか、でしたっけ？　とまさかさんが指さして、私は視線を泳がせ、たしかにシュナウザーっぽい顔ですねと笑う。まさかさんはワンコ飼ったことありますか？　ネココならありますよ、野良猫拾って帰って、僕が面倒見るから！　って言って、結局母親がお世話係になって、猫も母親以外には甘えなくなっちゃってっていうあるある経緯でした、今ならもっと、責任持って育てられるのになあ。でも、まさかさんは日本中飛び回ってるので、ペットはちょっと難しいかもですよね。でも、ネココなら大丈夫じゃないですかね。そうなんですか？　やっぱり数日一人きりはちょっと寂しいんじゃないですかね？　その辺は個体差ありそうですね、僕の飼っていた、いや母親が飼っていたネココは超ドライクール澄ましネココで、里帰りで三日くらい家空けて帰ったら、普通に「で？」みたいな顔してましたよ。強がりかもしれませんよー、ネココはプライドが高いですから。うーん、確かに母親にはスリスリしてたので、ちょっとは寂しかったのかもしれないですね。

「あ、東屋《あずまや》がありますよ。売店もある。ちょっと休憩しますか？」

まさかさんが言いながら振り返って指を差す。寂れた感じの売店ではあったけれど、コーヒーありますとか、ソフトクリームやってますなどと書かれていて、なんとなく懐かしさを覚える店構えで、自転車を東屋の脇に停めると、私たちはベンチに座って缶ビールを飲み始めた。

「私、この世に公園が存在するってこと、忘れてました」

「それは結構大層な忘れん坊さんですね」

「昨日母親から電話があって、父親が死んだらしいんです」

「そうなんですか？」

「はい。お通夜は無しで、明日がお葬式みたいで」

「お葬式には行かない派ですか？」

「父親のお葬式には行かない派ですね」

まさかさんは重い話を重くしない天才なのかもしれないと思いながら、笑って答えた。

「私父親とは全然心が通ったことがなくて、全然何者なんだかよく分からない人だったし、良い思い出みたいなものも一個もなくて、普通の思い出すらもなくて、悪い思い出しかなくて。全然好きじゃないし思い入れもないし愛着とか心残りもなくて。もうとにかく、全然なんです。入院した時に連絡もらって一回駆けつけたんですけど、着いてみたらあれ私なんで駆けつけたんだろうって感じで。それ以来一回もお見舞いとか行かなかったし。で、母親も父親のことずっと嫌いで別れたがってて、ようやく解放されたみたいな感じだと思うんですよ。だから、別に来なくてもいいよって言ってくれたんです。母親も、自分が立場上やらなきゃいけないことをやったら、誰か代理の人に任せるみたいだし。元々、もう何十年も別居してて」

「母親の、というか人間の鑑《かがみ》ですね。関わりたくない人との関わりを強要する人は、世界中から一掃されて欲しいと僕は常々思ってるんです。浜野さんがそのあたりに葛藤を抱えていないのは、きっとお母さんのおかげなんですね」

「言われてみれば、そうかもしれませんね。当たり前に生まれた時から母はそういう人だったんですけど、もしお見舞いとか参列を強要する人だったら、縁を切る以外に道はなかったかもしれません。私は父親が嫌いで、大嫌いで、まあでももう大嫌いなことも忘れるくらい遠い存在の人で、どうして私だけあんな父親なんだとか、子供の頃とかは怒りもあったけどもうそれも忘れちゃって、多分もう二十年くらい前に死んでましたーって言われてもああそうだったんだって納得しちゃえる感じの遠さで。でもそういうことを人に話すのは抵抗があって、私は最低だとか、人非人とか思われても平気なんですけど、そういうことを話すと、多分傷つく人もいるから。だから、そういう話に傷つかない人でよかったです。あ、まさかさんが」

「そんなことに傷つく男は、売れないバンド二十年も続けられないですよ」

「チキンシンク、売れてないんですか？　YouTubeで百万回再生の曲とかありましたよ?」

「あれは七年前の曲で、五年くらい前にじわじわバズって、でもそれで百万回再生止まりですからね。他に百万を超えてる曲はないし、ワンマンだと場所によっては三百のキャパが売り切れません。去年出した激推しMVも十万再生止まりです。今一人で暮らしてて生活に困ってはいませんが、限界つつじヶ丘民です。橋下は子供が二人いるんですけど、バンドだけじゃ食ってけないし、これからも爆発的に売れることもなさそうだしってことで居酒屋始めたんですよ。今は結構儲《もう》かってるみたいで、ホッとしてます。やっぱりメンバーが結婚したり、子供ができたりすると心配で」

「十万回再生って、すごいことだなって思いますけどね」

「今は大抵の人がサブスクでしか音楽聴かないし、チケット代でも大した黒字は出なくて、前も話しましたけど物販で食い繋いでるって感じでもあって。だから多分、子供とか育てるのすごくお金かかるんだろうし、できることは何でもやろうって思ってるんですけど、やっぱり人気商売なので何ともならないことはあって」

「確かに、水商売ですもんね」

「僕は高卒なんですけど、元々大学には行こうと思ってたんです。行けなくなった理由がその、母親が新興宗教に貢いじゃったからで、まあその新興宗教にハマった理由は、父親が中学生相手に痴漢を繰り返して捕まって会社クビになったりしたことなんですけどね。本当にもう二人とも最低で、自分はナチュラルボーンシットで、経済的にも安定してないし、だから子供が欲しいとか欲しくないとか、言うような立場じゃないと思ってたので特に思い悩むことはなかったんですけど。まあ、相手もいなかったですし」

「じゃあ、まさかさんにとっても子供を考えない年齢に、とはいえ男性は六十くらいでも作れるらしいですけど、私と付き合えば子供のことを考えずにいられるというメリットがあるわけですね」

「いやでも、だから、ってわけではないですよ？　機が熟した、という実感はありますけど」

「あ、それはもちろん。実を言うと私、元旦那と不妊治療をしていたんです。子供ができにくいと分かってからは七転八倒で、自分でもどうしてあんなに子供が欲しかったのか、今では意味がわからないんですけど、本当に本当に喉から手が出るくらい子供が欲しくて

欲しくて仕方なくて。もう母子手帳とか、妊婦マークを持ってる人が羨ましくて羨ましくて、私の呪いで妊婦さん何人か死んじゃったんじゃないかって思うくらい、羨んで、呪ってたんです。赤ちゃんがなければ、私は不完全なまま、生きていく上で不可欠な部分が欠如したままだっていう、何か強迫観念的に自分を追い込んでいって。それで何も見えなくなって、自分の精神も元旦那の精神もズタボロにして、それでも必死に治療を進めて。ずっと、喉がちぎれて血まみれになってるのに叫ばずにはいられないみたいな感じでした」

「実は、あの頃浜野さんが不妊治療してるの、僕知ってました」

「え？　それって、え、どうしてですか？」

「僕が編集部でバイトしてた時、浜野さん編集者の中でも規則正しく出社退社してたのに、ある時からめちゃくちゃ不規則になったんです。それで、これはちょっと、失礼な話なんですけど、デスクに置いてあった浜野さんの手帳がチラッと見えてしまったことがあって。GnRHとか、HMGとか、暗号みたいなものが書いてあって、なんとなく気になって調べちゃったんです」

　懐かしい単語が急に出てきて、私は下腹部にチクチクとした幻覚を感じ、不安により背筋を正す。

「僕は当時、副編集長だった高橋《たかはし》さんに気に入られたのか、使いやすいパシリだと思われていたのか、深夜まで個人的に手当を出すからと手伝わされることがあって、もらったタクシー代をケチって会議室で寝るってことが何度かあったんですけど、一度深夜に喫煙所に行こうとした時、浜野さんがトイレで泣いていたことがあって。泣き声が微かに聞こえてきたんです。もう誰もいない時間で、僕以外誰も気づいていなかったと思います。声を掛けるのも憚《はばか》られて、僕はおろおろしてたんですけど、隠れたところから見ていたら、浜野さんは何事もなかったかのように出てきて、デスクに戻って普通に仕事をしてました。僕は当時から浜野さんのことが気になっていたんですけど、浜野さんの記憶に残るようなことはできなくて、まあだからこそ、すっかり忘れられていたんですけどね」

「ちょっと待ってください。まさかさんて、昔すごい長髪で髪の毛括ってましたか？」

「そうですそうです。思い出してくれましたか？」

「かすかに、かすかに覚えてます。いつも物腰が穏やかで、あれでも、いつもワイシャツにスラックスとか、普通の恰好してませんでしたか？　いつもバイトの子は派手な服装してるのに、彼はいつもすごく無難な恰好してたような……」

「彼っていうか僕なんですけど。えっと、僕がこういうファッションで主張するようになったのは、あのバイトを辞めた後だったんです。もっと言えば、おもしろモッシュピットを成形するようになったのも、あの後です。だから結構、バンドの雰囲気も変わったんですよ。前期は暗黒時代で、後期は炸裂時代というか。あっ、もうないですよね。何がいいですか？　買ってきます」

僕は東京ナイトビールという面白そうなクラフトビールがあったのでそれにしますと言うから、私もそれにしますと答えると、彼は売店に戻っていった。確かに長髪で低身長、ちょっと心配になるくらい痩せたバイトの男性がいたなという記憶はあるものの、それはあまりに曖昧でぼんやりとしていて、携帯にカメラがついた当初みたいな不鮮明さで、未だに本当にあれがまさかさんだったのか確信が持てない。それでも、私がいた時期に編集部にバイトとして入っていたわけだし、身長と体格はまさかさんと完全一致しているのだから、彼なのだろうと自分に言い聞かせる。それにしてもこれほど記憶が曖昧なのは、私自身が不妊治療のために無理のあるスケジュールで仕事をしていたことと、排卵コントロールや卵胞を育てるための薬や、着床のための黄体ホルモンを使用していたことが大きいに違いない。

どうぞ、と瓶を差し出したまさかさんにありがとうございますと言うと、私たちは再び瓶をぶつけて飲み始めた。

「何か、他に思い出しましたか?」

「いえ、多分私、あの時不妊治療とそのスケジューリングで生活がめちゃくちゃになってて、色々薬も使ってたので、多分常時朦朧としてたんだと思います。そうでなければ、まさかさんのことも普通にちゃんと覚えていたと思うんですけど……」

「いいんです。というか、逆になんというか、自分だけこんなに覚えてててすみませんというか。自分だけめっちゃ観察したり意識したりしてて、キモいですよね」

「いえいえ全然。不妊治療がバレてたとは思いもしませんでしたけど、そうしてまさかさんが昔の私を少しでも気にかけてくれてたと思うと、少し報われたような気分になるいうか。あの時の私は、魚グリルの中で焼かれ続けて炭になった魚みたいな感じの気分で、で、もう炭になった私の存在を忘れて全人類がパーティに行ってしまったみたいな、怒りと虚しさが重なってできたミルフィーユが炭になって、それももう木炭とかじゃなくて摑んだらパサパサに粉に帰してしまうような、そういう孤独を感じていたので」

「魚グリルに残された魚の炭は、すごく淋《さび》しそうですね」

「淋しかったです。赤ちゃんが来てくれなくて。それで、元旦那が非協力的なことに怒ってて、妊娠しない自分に絶望していました。私が深夜にトイレで泣いていたのは多分、一度妊娠が確定した後に、流産した時です。もう大きくなってないって分かって、流産が確定して、手術の日まで流れちゃわないように止血薬を飲んでたんですけど、また出血し始めちゃって、心拍も見えなくなってたから死んじゃったんだって分かってたけど、それでも出血が始まったのを見て実感が湧いてきたんだと思います。でも私のこと、可哀想な女だって思わないでください。私が元旦那に幻滅した理由の一つが、たくさんある中の一つが、私が自分より下の女じゃないと気に食わないっていうところだったんです」

「思ってませんよ。可哀想だなんて。あんなに脇目もふらず仕事をして、とてつもないスケジュールをこなして、子供を迎えようとしている浜野さんのことを、僕は強烈な意志を持った人だと思いました。お金ないしなとか、あんな最低な親から生まれた僕が親だと子供も可哀想だしなとか、子供について考えないようにしてた僕とは、全然違うなって思いました」

「まあ、結局叶わなかったんですけどね」

「でも、やり切ったじゃないですか。浜野さんは。これが欲しいって心に決めて、ちゃんと叶わなかった、って言えるところまでやり抜いたんじゃないですか。僕はずっと、浜野さんがどうしているか気になってたんです。あの後、すぐに編集部からいなくなってしまった浜野さんが、その後どうしているのか。アクションを起こせずそのままバイトも続けられなくなって、十年以上経ってしまいましたけど、叶わなかったって、今そうやって清々しい表情で言える浜野さんでいてくれて、良かったたって思ってます」

「一人で生活のための生活を送る、なんの楽しみもない人間ですけどね。どこか、出家したみたいな気分だったのかもしれません」

「一人で充足した生活を送る浜野さんは、以前僕が見ていた浜野さんと同じように、輝いてますよ」

クスッと卑屈な笑みが溢れて、変な人ですねと自嘲的に呟いた。風が強くなってきて、私はまさかさんのジャケットの前を寄せる。ジッパーに少しクセがあるんで、僕がやります、とまさかさんはしゃがんで私に向き合い、元を合わせると左右にくいくいと縫い進めるようにジッパーを上げた。仕事着のワンタックパンツに合わせたレザージャケットは滑稽だけど、まあ別にそんなことはどうでもいい、と思えるところに自分の年齢を感じる。

その場で三本目となるチューハイを飲み干すと、私たちは交互にトイレに行って、また二十分ほど自転車を乗り回し、自転車を返すと徒歩で公園を出た。一度も連絡をしてこなかったから、平木さんと金本さんはまだスケボーに夢中なんだろうと放っておくことにした。

「あ、そうだ私ネギだけ買い忘れてたんです、良かった思い出して」

スーパーを通り過ぎる時にはっと気づいて、私は声を上げた。じゃあ寄って行きましょう、なるとはありますか？　あ、なるとも忘れてました。じゃあ買っていきましょう、僕、スーパーってすごく好きなんです、たまに行くと楽しくて、全然使わないものとか買っちゃうんですよね、と言うまさかさんはすでにワクワクしていて、実際に入るとまさかさんはうろちょろとあちこち見て回って「これ知ってますか？　何に混ぜても蟹になりますよ」とか「これどんな味がするんでしょうね」などと言いながら商品を見せてくる。クラブペーストとか、牛タンラー油とか、私が一人でスーパーを見ている時には目に入りもしない商品だ。

「牛タンラー油、ラーメンに入れてみますか？」

「いいですね！　斜め上の味変ですね」

あと、じっくりスーパーを見ていたら、味玉を買い忘れていたことにも気づいて、あと何かおつまみ系も買いましょうということになって、おかきやジャーキーなんかもカゴに放り込んだ。私が最後に一緒にスーパーに行った人は元旦那だけれど、何かしら理由がないと一緒には来なくて、一緒に来た時には常に早く帰りたそうにしていたなと、なんの感情も伴わない記憶が、ただボタンを押したら出てきた缶ジュースのように蘇った。どこから耳に入ったのか全く記憶にないけれど、元旦那はその後再婚をして子供を儲けたという。どこから耳に入ったのか全く思い当たる節がないから、もしかしたらそんなことを噂で聞く夢を見ただけだったかもしれないけれど、夢であろうが現《うつつ》であろうが、私には特に意味がない情報だった。

家に帰るともう五時半になっていた。まだ滑っているのだろうかと少し心配になって調べると、スポーツ広場は十二月は十六時半に閉まると書いてあって、私はまさかさんにその画面を見せる。

「あー、あの二人のことだから、どこか飲みに行ったりしたのかもしれませんね」

「え、それだったら連絡くれませんかね？」

「なんか、近場の角打《かくう》ちとか行ったんじゃないですか？　金本、最近インスタで角打ちの店ばっかり紹介してるんですよ」

「あの二人ならあり得ますね。じゃちょっと電話してみますね。とりあえず家に帰ってることも伝えなきゃだし、何時にラーメン食べるか相談してみます」

LINEと迷って、電話を掛けた。会社ではよく内線は掛けているけれど、自分のスマホから電話を掛けるのはものすごく久しぶりだ、と思う。この間LINE通話を掛けた時にはチキンシンクの曲が流れてびっくりしたけれど、電話の呼び出し音はかつてと変わっておらず、当たり前かと気づいて微笑む。じゃ僕はちょっと片付けておきますね、と散らかし放題だったテーブルを片付けているまさかさんを見ながらスマホを耳に当てている内、カクカクと緩み切ったフック型の鍵が外れて木箱が開くような感覚と共に、風が吹き抜けるような自然さで、記憶が蘇る。

「浜野です。松阪さんですか？　おはようございます。今日、打ち合わせからの直帰、でボードをお願いします」

朝一で電話を掛けて出社せずを書き込んでくれと頼む相手としては、当然同僚ではなくバイトの子が一番気が楽で、どこかホッとしていたところもあった。延々泣き続けて鼻声になっていることも自覚していた。

「分かりました。出社なしですね」

「……なしです」

「了解です」

「あ、あの、松阪さん」

「はい」

「精子くれない？」

「え？　何ですか？　精神紅？」

「松阪さんの精子、私にくれませんか？」

「精子って、あの、精子ですか？」

「その精子です」

「……えっと、いや、それは……どうなんでしょう」

「あ、ちょっとおかしくなってました。ごめんなさい。忘れてください」

えっと、でも、えっと、いやどうしたらいいのかな。ぐちゃぐちゃと聞こえるスマホを耳から離して、私は通話を切ると倒れるようにベッドに倒れ込んだ。精子はない。それでも、何はともあれ、採卵には向かわなければならない。私はなぜか使命感に似たものを抱えていて、その衝動ともうここで力尽きてしまいたいという思いの狭間で、ぼんやりと天井を見上げていた。

どうしてあんなことを言ってしまったんだろう。他の誰かから精子もらってやると元旦那に宣言したから、引っ込みがつかなくなってしまったのだろうか。それとも、どこかでまさかさん、松阪さんに好意を持っていたのだろうか。どちらも違う気がする。私はただ、とにかくまともではなかった。本当に情けないほどに、私は不妊治療を始めてから子供を諦めるまでずっと、取り乱していた。誰の気持ちも、まともには考えられなかった。あの時まさかさんは何を思ったのだろう。卵子ちょうだいと誰かに言われたら、私はその人のことをどれだけ好きだったとしても嫌いになるだろう。十年以上前のことで曖昧だけれど、自分のした最低なことの記憶が蘇ってしまったことがショックで、電話が繋がった瞬間私はハッとして通話を切ってしまう。

「まさかさん」

「あ、電話出ませんか？」

「私、どうしたらいいんでしょう」

「どうしたんですか？」

「すみませんでした。私は本当にひどいことをしてしまいました」

「何のことですか？　僕は何もひどいことなんてされてませんよ」

まだ右手に握ったままのスマホが震えて、平木さんから電話がきていると分かるのに、手が動かない。その時再び風が吹くような柔らかさで、再び記憶が大きなクッションにふんわりと着地するように蘇る。

「浜野さんですか？　今会社の電話から、再ダイヤルで掛けてます。僕浜野さんの携帯番号知らないので。さっきは戸惑っちゃってすみません。精子のこと、嫌じゃないです。どこに行けばいいですか？」

ベッドに倒れ込んだまま聞いた松阪さんの言葉に自分の最低さを思い知り、「ごめんなさい。忘れてください」と泣きながら呟くと私はまた電話を切った。切った後も、ごめんなさい。ごめんなさい。と立て続けに謝罪が湧き出してきた。対象は分からなかったけれど、とにかく万物に謝らなければ自分は重力に抗うこともできなくなってしまう気がした。いや、謝れば私はようやく天に許され赤ん坊を与えてもらえる気がしたのかもしれない。もう精子は去ってしまい、松阪さんの精子も断ったというのに、私は不妊治療中に見つけて、ことあるごとにたびたび見ていた、体外受精と胚分裂の様子を映した動画を思い出していた。分裂しながら、少しずつ大きくなっていく受精卵を、頭に思い浮かべていた。そして打ちひしがれている体に鞭《むち》を打ち、タクシーで病院に向かった。そして痛みに耐えて採ってもらった卵子を、投薬や何回も病院に通って打ってもらった注射によって育て、採り出した卵子を、破棄するようその翌週には依頼した。あの無駄に終わった採卵の痛みは、誰のことも思いやれなかった自分への罰だったのかもしれない。

「ごめんなさい」

泣くのはいつ振りだろうと思う。精子をくれと電話で言った、あの日だ。まさかさんが慌てたように私の目の前までやってきて、躊躇したように「いいですか」と聞いて、頷くと深く抱きしめた。人に頭を撫でられるのも、抱きしめられるのも、少し離れて涙を指で拭ってもらうのも、流産の手術を終えた日以来だった。

私が求めていたのは、子供ではなくまさかさんだったのかもしれない。私に新しい世界を見せてくれる人、こんなライブがあるんだと驚かせてくれて、ご当地の美味しいものを買ってきてくれて、スーパーでこんなものがあるよと教えてくれる人、こんな服があるんだと驚かせてくれる人。だから私は、まさかさんといるとこんなにも満たされるのかもしれない。そう思うとまさかさんの全てが嬉しくて、手で触れられることが嬉しくて、見つめ合えるのが嬉しくて、言葉を交わせるのが嬉しくて、目で追っているだけで嬉しくて、もはやこの世に存在してくれているだけで嬉しかった。

「謝らないでください。僕は浜野さんにされて嫌なことは何もありません。最悪殺されても平気です」

笑いながら、私も、まさかさんは殺人鬼かもしれないって思った時に、同じこと思ったんです。まさかさんに殺されるなら別にそれでいいなって、と同意すると、まさかさんは「全然悪い終わり方ではないですよね。むしろちょっといい終わり方かもしれませんよね」と多分本気で言う。それはちょっと言い過ぎですね、と言いながら、私は涙を拭ってスマホを差し出した。平木さんめっちゃ鬼電してくるんですけどと言うと、まさかさんは呆れたような表情で私のスマホを受け取って通話ボタンをタップした。僕たちはもうお家に帰ってますよ、平木さんはどこですか？　え、キャツ？　キャツってなんですか？　キャッツですか？四季の？　と困惑している。

「平木さん、鬼ヶ島さんがどうかしたんですか？」

スマホをスピーカーにして聞くと、ごめんなさい私チラッと同伴だけします、お店まで送り届けたらすぐにそっち帰るんで、と平木さんの切羽詰まったような声が聞こえる。

「金本さんはどうしたんですか？」

「金もんも一緒に同伴します！　金もん、この間初回行ってからキャツの虜なんです。あっ、浜野さんたちも来ますか？」

いいです、楽しんできてください、と拒絶すると私は電話を切った。ホスクラに行くみたいです平木さんと金本さん、と言うとまさかさんは「えーっ」と大袈裟《おおげさ》に顔を歪めてみせて、私を笑わせた。

「じゃあ僕ら二人ですね」

「同伴だけして戻るって言ってましたけどね」

「戻ってきませんよ奴らは。ていうか同伴ってご飯を食べるということですよね？　だとしたらこっちに帰ってくる必要はないですよね」

「確かにそうでした」

「じゃあ、今夜は二人ですね」

「色々話したいことがあるんです」

「そうなんですか？」

「はい。謝らなければならないことも」

「何でも聞きます」

「とりあえず、ラーメンを食べましょうか」

食べましょう、とまさかさんは意を決したように言うと、私の頬に残った涙を拭った。私はここのチャーシューが如何《いか》に評判かをまさかさんに話して聞かせ、まさかさんはちょっと大袈裟なくらい、楽しみだなあとワクワクを表現するように体を揺らした。三十時間煮込んでるらしいですよ、いや四十時間だったかな……。どちらにしても寝ずの番ですね。煮込み中寝ないんですかね、だとしたら労働基準法違反ですけど。でも寝たら危険じゃないですか？　でも寝なくても危険じゃないですか？　確かにですね。でもそんなものを三十分並んだだけで食べられるって、幸せですね私たち。え、三十分も並んだんですか？

はい、ホワイトボードに打ち合わせって嘘書いて、ラーメン屋に並びました。すみません嘘をつかせてしまって。いいんですまさかさんと美味しいラーメンを食べるためです。それはなんだか、嬉しいですね。恥ずかしそうにまさかさんが言う。包丁どこですか？　あ、そこです。まな板は……あ、これですね。取り出した包丁をまさかさんがそのまま私に向けて突き刺したとしても、この愛おしさは変わらないだろう。目を瞑《つぶ》ってそう思いながら、えっとーネギネギ、とまさかさんが買い物袋からネギを取り出す音を確認する。浜野さん？　疲れましたか？　電池切れですか？　目を開けるとネギを手に持ったまさかさんが私を覗き込んでいて、疲れましたよね、僕が作るんで、ゴロゴロして待っててください、と赤ん坊みたいなおじいさんみたいな微笑みを浮かべて、この世の全てを認めるように頷いた。

本作は河出書房新社と
Amazonオーディブルのために書き下ろされました。

金原ひとみ（かねはら・ひとみ）

一九八三年東京都生まれ。二〇〇三年に『蛇にピアス』ですばる文学賞を受賞しデビュー。翌年同作で芥川賞を受賞。二〇一〇年『TRIP TRAP』で織田作之助賞、二〇一二年『マザーズ』でBunkamuraドゥマゴ文学賞、二〇二〇年『アタラクシア』で渡辺淳一文学賞、二〇二一年『アンソーシャルディスタンス』で谷崎潤一郎賞、二〇二二年『ミーツ・ザ・ワールド』で柴田錬三郎賞を受賞。他の著書に『AMEBIC』、『オートフィクション』、『fishy』、『パリの砂漠、東京の蜃気楼』、『デクリネゾン』、『腹を空かせた勇者ども』、『ハジケテマザレ』など。

ナチュラルボーンチキン

二〇二四年一〇月三〇日　初版発行
二〇二五年　一月三一日　5刷発行

著　者　金原ひとみ
装　幀　川名潤
装　画　OJIYU
発行者　小野寺優
発行所　株式会社河出書房新社
〒一六二-八五四四
東京都新宿区東五軒町二-一三
電話　〇三-三四〇四-一二〇一（営業）
〇三-三四〇四-八六一一（編集）
https://www.kawade.co.jp/

組　版　株式会社キャップス
印　刷　株式会社暁印刷
製　本　加藤製本株式会社

Printed in Japan　ISBN978-4-309-03916-9

落丁本・乱丁本はお取り替えいたします。

腹を空かせた勇者ども

金原ひとみ

私ら人生で一番エネルギー要る時期なのに。ハードモードな日常ちょっとえぐすぎん？　陽キャ中学生レナレナが、「公然不倫」中の母と共に未来をひらく、知恵と勇気の爽快青春長篇。

私小説

金原ひとみ 編著

尾崎世界観／西加奈子／エリイ／島田雅彦／町屋良平／しいきともみ／千葉雅也／水上 文 著

作家は真実の言葉で嘘をつく――。現実の私をめぐり、真実の言葉をつむぐ、第一線の表現者たちによるむき出しの物語。話題沸騰の「文藝」特集に書き下ろしを加えた決定版。

生きる演技

町屋良平

家族も友達もこの国も、みんな演技だろ――。元「天才」子役と「炎上系」俳優。高校一年生の男子ふたりが、文化祭で演じた本気の舞台は、戦争の惨劇。芥川賞作家による圧巻の最高到達点。